尼可的日本故鄉及黑姬的樹木，從尼可家的書房，可看到樹木四季的變化。本書大部分的內容，他都是像這樣一邊欣賞風景一邊寫作而成。

（上圖）春天，白樺樹未長出新葉卻先開花了。

（右圖）10月下旬，為初雪覆蓋的黑姬山，是一座滿山紅葉和積雪的「夢之山」。

（左頁圖）黑姬山的山毛櫸林。秋天色彩繽紛的樹林景致絕佳，這些樹林正逐年遭到砍伐。

走在雪地上朝著黑姬山而去的尼可。

冰天雪地中仍有動物活躍其間，偶然出現在雪地中的松鼠。

尼可攀登滿是積雪的黑姬山，準備到山頂上和好友
共度愉快的午餐。

映照著夏季黑姬山的御鹿池，寧靜的水面上洋溢著一片綠意。

威爾斯的AFAN森林保護中心入口。

AFAN的七拱橋，留有運送煤炭的痕跡。

綠意盎然的POTER山。

在捕鯨基地，和歌山縣的太地灣。

生長在AFAN河畔的橡樹。

橡樹苗。

捕鯨船前留影。

西班牙加里西亞地區巴倫娜的國營旅館，可遠眺亞美利加。

（上圖）尼可在西班牙公寓前的海岸。

（左圖）在西班牙往聖地SANTIAGO DE COMPOSTELA的路標。

（下圖）在西班牙加里西亞，與野馬不期而遇。

冬日，房子被近兩公尺深的雪包圍，尼可正在去除積雪。

（上圖）亞方黑姬的黑熊。

（左圖）儲藏家畜食用的玉米。

尼可騎自行車走訪友人。

序曲文化*Overture*

智慧啓蒙・文化創新・閱讀世界

序曲文化
Overture

序曲

是

交響樂章的前奏

人生旅程的起點

卓爾智慧的深度演繹與延展

似

風雷乍響

文化創新的隱喻與前兆

以

健康樂活・藝術傳承・歷史宏觀

・

閱讀世界

Tree

Make the Friendly Environment for Our Earth

C.W. 尼可 著｜孫玉珍 譯

【森活館】出版序

如萬籟俱寂中的一聲宏亮虎嘯

「世界自然基金會」在二〇〇六年所提出的，世界生態系雙年報當中，明確地指出：地球將在二〇五〇年時，面臨生態大崩解。在資源大量耗盡、物種快速消失、廢氣危害加劇的浩劫之下，人類將面臨空前的危機。

五十年之後的地球將會是什麼模樣？現在的我們無法臆測，但美麗的地球正在快速的被人類凌虐、低聲哀嚎，卻是不爭的事實。環境保護的重要性，已經是跨國際、跨領域、跨種族、跨生態的問題了，但居住在台灣這塊島嶼上的我們，環保議題卻永遠是最不受重視的弱勢題材。在國會殿堂中，鮮少聽見有議員爲我們的生態環境振振發聲；在報章媒體中，很少看見深入、有見地的生態環境報導；在出版界，環保書籍更是少得可憐，成了冷門中的冷門書。我不禁要問：爲什麼？是我們不關心自己生活的環境與土地，還是一貫地用鴕鳥心態，來面對這種嚴肅、枯燥、乏味的主題，心裡總是想著：反正事不關己。

然而，五十年很快就會來臨，到時候我們該如何自處？那絕對不會單單只是政府該做的事、學校該做的事、環保專家該做的事，而是你、我面臨生死存亡必須面對、該想、該做的事。

每天早上醒來，我總會站在陽台上，望著對面公園裡滿眼的綠意，欣賞著正在做早操的老人家們，聽著小鳥啁啾的輕快叫聲，簡單而美麗的秩序，隨著從葉縫中灑落的金色陽光，奏起壯麗的交響曲，展開我忙碌的一天。這個小小的美麗公園，即將隨著捷運的開挖而改變風貌，捷運局的工作人員冷靜地告訴我，這整片綠樹將會被盡數砍掉，因爲捷運的通風口將設置在此。

再過不久，當我起床時，將會看見一座碩大、奇醜無比的通風設備，矗立在我的眼前，小鳥不會再站在枝頭啁啾鳴叫；老人家將失去一大片可以散步運動的空間；孩子們的遊樂設施也將因此所剩無幾，冰冷的水泥地將取代美麗的草地，成爲這座公園中最突兀的標的。

還記得剛剛搬進這個社區時，常常帶著孩子在公園裡追著小小的綠色蚱蜢玩耍，觀察著剛剛破土、伸出頭來的小小嫩芽與花苞，飛過頭頂的繽紛彩蝶，總是令孩子呼聲不斷、充滿驚喜。春天時，微風拂過那紅撲撲的小臉頰，總讓我心滿意足，打從心底感激這座小小的社區公園，能讓我的孩子如此健康、快樂的成長。當時，公園的樹都還很小，現在已經高聳茂密、綠意盎然，但不久之後，一切景象都將不同，隨這季節更迭，落花繽紛的美麗景色，將不復得見。

是人類自己的智慧不夠，才讓我們的生活品質沉落了，生命的寬度、向度窄化了，該是大家好好思索環境問題的時刻了，【森活館】於焉誕生。在這個書系當中，我們將和讀者分享各種樂活態度、慢活體驗與健康生活，讓大地的感覺更靠近我們一點，讓生命的律動更動人一點，讓生活的步調更柔緩一點，讓環境的關懷更多一點。

年初，國際環保專家C. W. 尼可先生到訪台灣，他告訴我，如果環保書無法成為暢銷書，那真的是一件大罪過，因為，我們得砍掉多少樹木，才能將正確的環保理念深植在讀者心中，化成具體的行動。因此，談健康、說環保的方式都不能再是陳腔濫調、說教述理，它必須鮮活有趣、鞭辟入裡。【森活館】中的書籍，可能是散文，可能是小說，也可能是報導，但我們都希望這些擲地有聲，如萬籟俱寂中一聲宏亮虎嘯的【森活館】叢書，能和您一起攜手為我們的土地、環境、健康、生活而努力。

序曲文化總編輯
許麗雯

目次

【推薦序二】

創造生態平衡的美麗家園

統一集團總裁
林蒼生

那是一個艷陽高照的夏日午后，透過友人的介紹，我認識了尼可先生。在台南玉井，我們擁有一個愉快的約會。

尼可先生個性爽朗率真，在日本、加拿大、非洲都是有名的環保鬥士。當時，他針對統一集團的關係企業——統樂公司所購入的愛文山，提出許多關於環境保育、植物生態、水土保持等等相關的具體建議，讓我受益甚多。

近年來，只要豪雨過後，總會不時傳來發生土石流災害的消息，水土保持的概念與重要性，才因此受到大家的關注。然而早在十幾年前，尼可先生就買下日本黑姬山下的一座森林，並且成立AFAN基金會，在此進行環境保護以及森林復育的工作，實在非常具有遠見。而這些年來，他風塵僕僕奔走於世界各地，埋首著述，呼籲大家重視環保與生態問題，堅持的就是「尊重大自然」的理念。

我是一個非常喜愛爬山的人，每每在親近大自然的時候，總能讓我體驗到大自然所給予人類的能量，遠比人類所能想像的還要多。體驗大自然的優美節奏與寬廣的包容力，無關乎你擁有多少財富，大自然的力量，讓人可以誠實地面對自己，聆聽內心深處眞正的聲音。由於我非常喜歡與大自然相處，因而對於尼可先生的理念，與他努力實踐理想的方式，更是由衷地佩服。在這本名爲《樹》的書裡，更展現了尼可先生從大處著眼的環保概念：對於體制的批判、深入觀察全球樹種的研究，與生態平衡的嶄新觀點；以及細微處如：樹木栽種的方法、復育工作的程序，甚至如何欣賞大自然之美等等。

書中談及全球各地的森林與樹木的概況，均是他在各國的親身經驗。有他從小在故鄉威爾斯，各式各樣與大自然接觸的經驗；在衣索比亞國家公園任職時所發生的故事；在加拿大極地工作時看見的美麗景致，當然也會述及他如何進行買下AFAN森林的總總遭遇。這些，不只是人與人之間的事情，也是人與大自然互動的關鍵，透過尼可先生犀利的筆觸，不僅看到他大聲疾呼的積極性格，也讓我們在台灣就能了解世界各地的森林風情與環境危機。

台灣有古老的地層結構，以及盆地、斷崖、峭壁、峽谷等各種雄奇瑰麗的地形地貌，加上我們豐富多樣的森林景觀，參天古木、林相豐富、野生動物繁多，可以說是體驗大自然神奇力量的最佳教材。雖然我們的土地資源有限，但身爲地球的一份子，當我們正在面臨雨林大量消失、地球暖化效應加劇的此時此刻，更應該意識到「保護生態環境」，是每一個人都應該負起的社會責任。希望透過這位森林主人與環保鬥士的經驗，也給住在台灣這塊土地上的我們，多一點省思與覺悟，讓台灣能成爲一塊眞正擁有生態平衡的美麗淨土。

【推薦序二】

應兼顧海陸兩域的生命

生態學家 金恒鑣

人類上下其手地攫取大地的資源，雖然看來發展了文明，其實對文明的未來延續充滿更多不確定的變數。其中一個長遠的大隱憂是地球逐漸暖化，而地球暖化的大部分原由是人類大量使用石化燃料（石油、天然瓦斯與煤等）及大面積的森林破壞所致。最近保護環境人士的手中多了一本呼籲保護生態與環境的書，爲沉痾的生態環境健康提出治療的藥方。這本書就是旅日的威爾斯人——C.W. 尼可先生，在日本所出版的《樹》。

《樹》的作者尼可，如此開始述說他兒時的記憶：在尼可家鄉的南威爾斯人，用樹木製造礦坑支柱與製作送煤的鐵軌枕木，取得深埋地下的煤。這兩種作爲同時破壞當今與遠古的森林。尼可的父親曾說，那「煤」是地下古森林的精華。

人類的祖先（直立人）約在百萬年前離開東非，遷往有森林覆蓋的其他土地。因爲，森林提供人類生存需要的一切物質，而且有森林之處表示雨水充沛，那麼湖與河也可能就在附近了。

人類文明的演進到越接近現代，森林資源也就益形顯得重要。因爲木材用處極多，是能源與原料，不但可供炊事，還可提煉金屬，人類文明才可能從石器時代進入鐵、銅器時代。林地可以變更爲農地與放牧地，提供糧食。作者家鄉的南威爾斯山上，樹木幾乎已經蕩然無存。現代人嚮往威爾斯或英國的草原：在無垠的綠草地上點綴著靜靜移動的白色羊群。殊不知，那是人類砍掉墨綠森林後的幻景。那幻景若不靠人類持續悉心的照顧，灌木與禾草則會立刻叢生，森林也必將回來。

但是，人類還是需要樹木，要薪材與木材。人類燒毀森林或砍伐了樹木之後，用種稻、麥、甘蔗的方式，與造樹林。我們看到十八世紀的歐洲開始鍾情於種植單一樹種的人工林。數世紀以來的人不知道森林的複雜與眞正的價值，只看到森林最直接的可供利用之處，那便是木材，便以爲種很多能收穫木材的樹便是森林了。現在終於知道，森林可以製造氧氣、保育土壤與純淨河水、是野生動物的棲息之地，是保育生物多樣性的基地，更有價值非凡的基因資源。其實，目前還有我們根本更想不到的無盡好處與價值，有待發現與確認。但是，要好好管理森林，不但是一門艱深的學問與高難度的科技，還是需要前瞻的視野與高品德的倫理。即使到了今天，科學家還不能提出一套自認全球皆可用的完善的森林管理方法，尤其是復育已劣化的或是被外來種入侵的林地更是束手無策。因爲，森林因時空而變動，價值也因文化而相異，何況不斷地新發現森林的好處，因之管理方法一再調整與更改，但迄今還是不能令人滿意。

作者基於從小在南威爾斯家鄉對樹木建立的感情，終身爲保護森林爲職責，進而爲保育野生動物奮鬥。從愛護林木的感情中激發種樹的熱情。因之，他在日本的黑姬落籍數十年，爲捍衛黑姬的森林奮鬥。日本是他的第二故鄉，因此他也評論日本政府造林措施的不當，及他們對待森林的粗魯行爲。

他的腦海不斷地交互上演著旅居的日本與家鄉的南威爾斯之自然場景，尤其是森林與土地。他在日本黑姬養蜂產蜜，需要成熟且可開大量花的日本七葉樹，而南威爾斯與他曾經住過的非洲衣索比亞，也都生產蜂蜜，因此維持樹林也是蜂蜜業能持續的重要因素。他在書中談到植物群落與野生動物群聚之間的失衡及釀成的許多災難。這本《樹》便是他的一個見證。

《樹》一書中有一節令人倍感興趣的描述與發文省思的論點。那是一章「樹齡七千兩百年：比金字塔還古老的杉樹。」這句話充分表示尼可的思考方式已是眞正的日本人了，或者說比日本人還日本人。尼可說屋久杉與繩文杉有七千兩百年歲數，這是難以令人置信的說辭。根據生物科學家對樹輪的研究，全球年歲最高的長壽松（Pinus longaeva）也不到五千年歲，而尼可在書中表示日本屋九杉與繩文杉有七千兩百年歲【按：一般認爲應是日本繩文時代種植的杉，因爲在屋九島上，故慣稱屋九杉】。這個矛盾之處正反映了西方文化與日本人文化的差異。

我在這裡引用了一段文字，可看到兩種文化的思考邏輯相異之處。在一本《最後一眼》（*Last Chance to See*）的書中，有這麼一段精采的對話。作者Douglas Adams遊日本京都的金閣寺之時，他十分驚奇地發現這十四世紀的建築物並未在日曬、雨淋、地震與火焚的時光中頹倒。他也知道金閣寺在二十世紀曾遭祝融徹底燒毀兩次。以下是他與當地導遊的對話：

「所以，這不是當初的建築物了？」他問道。

「當然是囉！」導遊堅持地認爲，還奇怪這也算是一個問題。

「但是，金閣寺不是燒毀了嗎？」

「不錯。」

「兩次，對不對？」

「好幾次。」

「然後又重建過？」

「當然，金閣寺是非常重要的歷史古蹟。」

「用全新的材料？」

「那當然，因爲全部燒光了。」

「這樣說來就不是當初的建築了。」

「永遠還是當初的金閣寺。」

於是這位有名的英國國家廣播公司記者兼作家不得不承認，這是另一個合理的角度看待問題，但卻建立在從一個令人想不到的邏輯上。日本人對古建築物的看法是：金閣寺的概念、原意與設計，不因時間而發酵與變質的，惟有保存當初設計者的理念與呈現才是要永世要保存的。活著的是建築物，而非當初的材料。該書作者雖不同意東方人的這種看法，但能體會東方人的原意。

日本的這種「永世保存古蹟」的作爲，從維護二千多年前建的「伊勢神宮」（祭祀日本天皇始祖「天照大神」）就可見一斑。該神殿每二十年必須依原型重建一次，全部木料汰舊換新，是爲「式年遷宮」，爲的是維持傳承工匠的技術，讓神宮的當初設計者的理念與方式不因時光而消逝，這就是日本人維護古蹟的概念與做法。

尼可書中寫的屋久島的杉樹林已有七千多年了，並宣稱目前的任何一棵大杉樹，都爲七千歲數，我雖不同意，但也能體會日本人對生命的另一種看法。總而言之，尼可的重點也是以保育森林爲出發點，故而以「高齡巨樹」提醒人類要愛樹的生命觀，讀者對其科學的精確性與保育的務實性似乎不必太過苛求。

其次，本書對日本（還有其他如挪威、冰島等國家）繼續捕鯨的作爲有許多與全球保育主流背道而馳的聲辯。他爲日本捕鯨（尤其是商業性捕鯨）的正當性辯解，然其論斷只爲捕鯨者接受。主要是在多元與複雜的各種社會，其對動物倫理觀、經濟誘因、智慧型動物、人體健康、漁業盛衰的看法多樣且南轅北轍。捕鯨或反捕鯨的許多論點也就各說各話了。上個月出版的《災難之海》（*Troubled Water*）一書，由全球一百四十餘非政府組織及包含五十五個國家的專業人士，共同執行的調查與研究的的成果。該書的結論指出，捕鯨是殘忍行爲，應禁止任何藉口（民生問題及科學研究）進行捕鯨之活動。這是一本撼人心弦的書，也是贊成或反對捕鯨的人必要的知識。

其實，人類深思的應是大空間與長時間的生態與文明發展的問題，而不能以解決目前問題來辯護捕鯨與伐林的正當性與必需性。贊成捕鯨的看法與保育人士的反捕鯨看法，均無足夠科學的資訊可以驗證。這實在是人類對海洋生態系的複雜性所知有限，尤其是鯨魚在長時間與大空間的生態過程之差異無法得悉。

科學家可以說服科學家，但其論點不見得爲一般民眾（尤其是牽涉到與自身利益攸關的群眾）所接受。捕鯨者以當今的民生需要及財務收入爲著眼點，反捕鯨者以長遠的、海洋生態、動物倫理與人體健康出發，其焦點不同，標準不一，故雙方難有共識。所以，生態保育不只是科學家的責任，更需靠政府政策、社會人士，甚至藝術家的努力。

人類應該朝向節制捕鯨及積極投入監測與研究海洋哺乳類動物兩方面同步著手，在最短時間內找出問題之癥結與長期解決之方案，惟有如此始可有望制訂全球性及可以遵行的生態保育規範，為鯨豚生命與永續漁業找到出路。

二〇〇六年十二月二十六日於林業試驗所

※本文作者為生態學家、行政院農委會林業試驗所所長

【後記】

二〇〇六年十二月二十六日的美國《紐約時報》報導揚子江的白鱀豚族群，因長江三峽大壩的建築、江輪的繁眾、長江的淤積與污染，已被判為死刑，形同滅絕。這使人想起長江的匙吻鱘（可能是最大的淡水魚，長度超過六公尺）及中華鱘（迴游性魚類，約二點五公尺長）的前途也是未卜，面臨多舛的命運。

【中文版作者序】

森林的力量

姑且不論我是否身爲作家，這本書的中文版問世，不僅讓我相當欣喜，也感到莫大的榮耀。身爲人類，正值六十六歲的我，在這一生中結交了許多中國朋友，現在，他們可以透過自己的母語，閱讀到我的想法，令我好安慰。

環境、健康、經濟、樹的精神價值，對下個世紀的中國來說，將變得更加重要。樹根緊緊依附著大地，從地底深處帶給樹幹濕氣和水分，沿著粗幹、細枝，再擴散到樹葉，如此這般的爲樹葉和它所處的環境降溫，天氣越炎熱，樹木就越努力。如果，你從一棵樹的頂端朝下俯看它的天篷，再將它乘以六到九倍，你就可以推算出這棵樹的樹葉總量。枝葉茂盛的樹木群，不只能帶來陰影，在森林中，它們還會製造涼風、提高濕度，更可以改變氣溫。

白天，樹木製造氧氣，將碳鎖在裡面。如果我們能認知到，世界上所有的一切，皆是樹木的賜與，那麼就能清楚了解，爲何文明會建立在樹木之上。透過歷史的殘酷呈現，人類見證了每個階段摧毀森林、造就沙漠的過程，有些文明步履蹣跚的向前邁進；有些文明甚至消失得無影無蹤。

當我首次爲日本的一本暢銷動畫雜誌，撰寫一系列的文章時，每個月我都會收到大批讀者的來信。那段期間，日本政府的林野廳，因而必須爲進行砍伐成千上萬棵老樹，負起很大的社會責任與輿論壓力。這樣看來，當大多數的成年人正在汲汲營營追逐金錢和虛無財富的同時，年輕人似乎對「砍樹」這件事，更加重視。

宮崎駿先生的經典動畫電影——《龍貓》，深深觸動了我的心。大約在一九六○年代初期，當我第一次到日本生活、求學時，影片中描述的鄉土風情、鬱鬱蔥蔥的樹景和眞誠的人們，眞的！就是我現在居住的環境與景象。坦白說，片中的森林和東京市郊的森林並沒有什麼不同。可惜的是，我雖然在森林中遇見了無數頭熊，但就是沒有見過毛茸茸的龍貓本尊！令人難過的是，現在，有許多森林因爲「開發」的需要，而被砍伐殆盡。當時，孩子們總是在森林中玩耍，他們還知道每棵樹的名字，但現在已大不相同了。

當我決定買下殘破不堪的「AFAN」森林時，心中多麼想讓它們回復生機，因此而種植了許許多多的樹木。於是，我想起了《龍貓》這部電影，我非常想和宮崎駿先生見個面。而宮崎先生也欣然樂意來到我位在長野縣黑姬山的森林，和我小聚幾天。我很高興他願意和我分享他的看法，他有許多想法、感覺和我都不謀而合。

宮崎先生一直愛護著森林，並時時刻刻關心著森林的一切。

現在，我可以愉悅地走在綠意盎然的樹蔭底下，這些樹都是我種植的。我可以在黑姬山中成排的櫻花樹下，享受櫻花盛開的浪漫美景，這是我和我們的林務官松木先生一同種下的。它們不停地成長，帶來更繁盛的枝葉，還有更多的喜樂。就算我們得花費經年累月的年歲，才能眼見它們茁壯長大也沒有關係，我們仍不停地種著樹。在未來，這是一種信念——讓樹木成長，讓我們獲得滿足，讓大地得到滋養；如果你也願意的話，請加入我們的行列。

我想許下一個心願，送給我最珍貴的中文版讀者們：願樹木和友誼，可以在你我之間，開花、成長。

C. W. 尼可

二〇〇六年七月十九日於日本長野縣黑姬山

【前言】

關於樹

在從太地返家的火車上，我開始想像，以前的紀伊森林不知有多麼壯觀？從前，在大型木筏從紀之川下行至新宮的江戶時代，這附近應該是一片廣大的蓊鬱森林。我搭乘的火車奔馳在陡峭的山巒之間，四周盡是人造杉樹林，或是曾經砍伐過的二次林。未經整修的雜木林中，混雜著搖搖欲倒的樹木，完全看不出有人類居住其中的樣子。

此時，我的目光不經意地集中在一棵高聳的尤加利樹上，在日本的雜樹林中，為何會出現這麼一棵外來的樹木？這一棵原產於澳洲的樹，究竟隱藏著什麼樣的祕密？

看見此景，我的心又被帶回威爾斯的亞方森林去。那是去年為了拍攝電視節目，我前去亞方谷所發生的事情。我們去的地方是一九四六年由義大利俘虜所種植的檜樹和落葉松樹林，一處經過砍伐的山坡。由於這些樹的樹齡已有四十年，粗細剛好可供作柵欄之用，最近剛遭到砍伐。林野廳計畫不再進行單一樹種的造林，為了美化山谷，永久避免陡峭斜坡遭到土石侵蝕，將改成種植混合樹林。

在砍伐的過程中，我們發現樹林中有三十棵的闊葉樹，大小幾乎與造林的針葉樹相同，種植的時間應該也差不多。因為闊葉樹和針葉樹在造林時被種在同一個地方，眾人雖然覺得奇怪，但還是將他們全數砍伐，這些樹雖然確定是屬於山毛櫸的一種，卻沒有人見過這種山毛櫸。

最後找來大學裡的專家，結果確定那竟是一種原產於南美的山毛櫸，在英國十分少見。這些樹究竟是誰種的？是義大利的俘虜嗎？但是他為什麼要帶回三十顆原產於南美的山毛櫸種子呢？當這名士兵將這些種子種在威爾斯這片陡峭的山坡上時，是什麼樣的心情？腦子裡又在想些什麼呢？

然而隱藏自己祕密的，應該不只是這些從故鄉到此落地生根的外來樹木。對！像我，或像那棵獨自屹立在日本森林中的尤加利樹，以及那三十棵原產於南美，卻生長在威爾斯森林中的山毛櫸……。

不僅如此，所有的樹和森林都有它自己的故事。我在此引用加拿大的林業家哈伯．哈蒙德的一段話。

「大自然以多采多姿的設計，創造了森林，而人類卻以統一、單純的設計，創造森林。大自然創造的是，各類種子在無限的時間中，有充分的能力適應，且得以永續生存的森林。但是，我們人類創造的卻是毫無適應力，僅能在有限的時間中生存的單種森林。」

樹木和森林才是與支撐人類的生命、歷史，和我們以脊椎動物的形式開始在陸地上生活的大自然，彼此連結的鎖鏈。現在，森林在警告我們，地球上脊椎動物的生活已經開始出現險惡的病徵。

一直以來，以日本為首的世界上大多數的先進國家，雖是破壞森林的元兇，但如今各國政府終於覺悟。他們雖有覺悟，卻還是只將大自然視為可供利用的資源，也就是可供變賣的資源。即使在日本，林野廳也還是經常砍伐樹齡超過數百年的樹木，變賣之後作為己用，他們確實也在進行造林，但種植的全都是單一的針葉樹，這絕對無法取代，支撐眾多野生動物生活、隱藏無數祕密的壯觀遠古雜樹林。為了金錢，這類森林不斷遭到破壞，這樣的破壞行為，對這個國家和地球造成的損失，遠大於收益。

森林一旦消失將無法恢復原貌，我們當然可以重建像亞方谷那樣的新森林，只要以愛和了解加以灌溉，一定可以成為多采多姿的森林，但是那絕對不會是原來的那一座森林。

我在書寫有關樹木的事時，都是根據我僅有的知識，我希望能夠了解樹木，而且是非懂不可，但實在沒有時間。就在此時此刻，電鋸已進入森林深處，正在砍伐樹木！就在流經我書房旁的小河盡頭。

祖母曾對年幼多病的我如是說道：

「樹木是你的兄弟、你的哥哥、你的姊姊。樹木給予我們力量。」

祖母說的話眞的沒錯。整個地球的眞相，就隱藏在她所相信的古凱爾特傳說中。

剛開始在雜誌發表連載關於樹木的文章時，我從沒想過，這些言論會在年輕人之間引起這麼大的迴響，他們的反應觸動了我的心，也給予我力量和勇氣。年輕人，才是地球上僅存的希望。

你們一定要自由自在地長大，越發強壯，可因強風而彎曲，但絕不可折斷。如果有未來，那一定是屬於你們這樣的新生代。因爲你們一定會和樹木以及森林孕育的一切，分享燦爛的未來。

C. W. 尼可

一九八九年七月於黑姫

本書內容連載於一九八八年八月號至一九八九年七月號《Animage》。對談內容則載於一九八九年七月號的《Animage》。

第一章
威爾斯

若能重現故鄉的森林，我心將吟唱喜悅之歌。

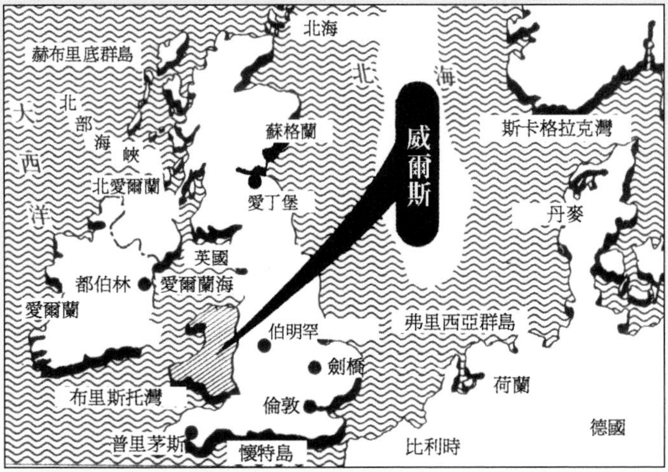

愚者的黃金

我的祖父在參加第一次世界大戰前，在威爾斯的礦坑當礦工。祖父家中有個老舊的大暖爐，長年燒著煤炭，兒時的我經常坐在那兒，聽祖父說故事。

我至今仍清楚記得，某天晚上我和往常一樣和祖父坐在暖爐前，他從黃銅煤炭盆裡抓了一把煤炭，然後將閃閃發著黑光裡頭透著纖細金色的煤炭，送到我面前要我看個仔細。

「看見了嗎？孩子！你知道這是什麼？」

「是黃金嗎？」我問道。

「這個嘛…它看起來雖然像黃金，不過卻不是，所以又被叫做『愚者的黃金』。不！它不是黃金。瞧！你仔細看看它的紋路，你看見什麼了嗎？」

我靠近煤炭定睛細瞧，在金色的紋路旁還有許多花紋。

「看起來好像是葉子。」

「你說對了。」祖父說。

「就是葉子！是蕨類。」

祖父用這樣的方式告訴年幼的我，深埋在南威爾斯群山及山谷間巨大的煤炭礦床，其實就是濃縮的古老森林。

在那之後，我只要一看到煤炭，就忍不住想找找裡頭有沒有古老的植物葉子或蕨類。

爲了取得煤炭這種威爾斯古代森林的遺物，以及爲了建造礦坑坑道的支柱或鐵軌的枕木，需要大量的木材，人類大量破壞同屬於威爾斯的森林。

如今想來，這眞是一場浩劫。

現在只能在極少數的山谷間，看見凹凸多節壯觀的橡樹、山毛櫸、野生蘋果，以及兩千多年前由羅馬人傳入英國的核桃和栗子樹等古代樹木，而且以南威爾斯北部居多。多數的綠色森林雖遭人類破壞，但我的少年時代卻仍然無時無刻都生活在樹木的懷抱中。

妖精之谷

老家附近有座有小河流經的綠色山谷，小河流入下游的儲水池，山谷的森林裡有許多巨大的古老樹木。

兒時的我，身體非常虛弱，醫生禁止我作所有的劇烈運動。十分擔心我的祖母，有一回趁著四周沒有人，在我的身邊悄悄說道：「你到那山谷去瞧瞧！你一個人去！去找棵上了年紀的老樹，最好是橡樹，因爲橡樹有魔法。你如果找到合適的樹，就拜託它當你的兄弟，然後緊緊地抱住它，感覺它的心跳，分享你的祕密，請它也把祕密告訴你，然後再爬到樹上呼吸它的氣息。這麼一來，它就會成爲你的兄弟，守護你，讓你變成一個身強體壯的孩子。」

那山谷裡有許多這樣的樹，自古以來該處被凱爾特的督伊德教視爲神聖山谷，當地人則將它稱爲妖精之谷。

這些凱爾特人並非原本就住在威爾斯，他們和盎格魯人、撒克遜人及羅馬人一樣，都是這塊土地的入侵者。

小小人們

遠古時代，大約在石器時代初期，這個地方除沿海溼地外，整個被森林覆蓋著。該處當時是森林居民的世界，據推測他們應該十分矮小。

這些被稱爲「小小人」（Little People）的人們，主要被紀錄在傳說中，至今仍流傳著許多不同種族的故事。

這群身材纖瘦、金髮、膚色白皙、喜歡惡作劇、愛好音樂的獵人們，被稱爲妖精或精靈，而身材矮胖強壯、住在洞穴中、在礦山工作的人們（他們挖掘打火石），則稱呼他們小人或小鬼。

據說他們每個人都手握煙斗和豎琴，非常喜歡唱歌。

老實說，非洲森林中的俾隔米人，也和這些「小小人」十分相似。他們同爲獵人，也有煙斗和豎琴，也非常喜歡唱歌。不久之後，即使在凱爾特人來到該處時，整個地區也還是一片廣大的森林。在那之後的數百年間，森林裡的人們必定和凱爾特人和平共存，兩者之間應該也曾以物易物，互相通婚。

小小人們因此得以在古代森林中安居樂業。若任意招惹這群以弓箭、陷阱爲武器，在森林中行動自如、來無影去無蹤的小小人，必定十分危險。威爾斯的傳說中清楚地記載此事。

然而，之後青銅器時代來臨，隨即進入鐵器時代，情勢大爲不同。爲了製造金屬必須挖掘礦石，同時需要強大的火力。

在遠古時代火力並非來自煤礦，而是來自木炭。

想當然爾，破壞森林的情形便隨之出現，新興的家畜飼養及放牧，使情況更爲惡化。

此時，森林裡的小小人怎麼樣了呢？被趕盡殺絕了嗎？

大多數的人可能遭到殺害或餓死了吧！但他們的基因卻以另一種形式，殘留在我們的基因當中。

黑威爾斯人

從很久以前一般人就認爲凱爾特民族的特徵是高個子、肌肉發達、手腳細長、膚色白皙、金髮、捲毛。

然而一到威爾斯，放眼所及盡是個子矮小、黑髮、黑眼的人，我祖母也是如此。她的個子很矮，比起我的日本太太還要矮得多，和我祖父站在一起時，還不及他的肩膀高。兩人雖然難得吵架，但一鬥嘴時，祖父總是說祖母是「**Black Welsh**」（黑威爾斯人）。這句話並不是說祖母有黑人的血統，而是說她喜歡惡作劇，行爲異常，就好像身材矮小、膚色黝黑的古代人。

祖母雖是基督教徒，但對樹木等所有生物，卻有相當獨特的看法。只要經過祖母的照料，枯萎的花草樹木都會變得生氣盎然。我之前也說過，要多病的我和橡樹作兄弟，分享樹木力量的人也是她。

「只要你使勁地擁抱它，一定可以感覺、聆聽樹木的心跳。」祖母對我說（我在沖繩的朋友上池先生，以科學的方式錄下樹木的脈動作成音樂，由此證明祖母所言不假。）

她將橡樹視爲神聖的存在。

不只是橡樹，她對山楂也有特別的感情。

這種樹在威爾斯十分常見，樹幹粗壯有刺，如果不管它，可以長到

十二公尺高。但山楂樹常被用來當作籬笆，圈養家畜，因此，多修剪得十分低矮，長得非常茂盛。一到五月，山楂樹會開起細緻的白花，許多人稱它是「五月之樹」。香味甜蜜的山楂花瓣掉落時，祖母常說看起來就像是「妖精婚禮的紙花」，之後會結成小小的紅色果實，整棵樹看來呈紅黑色。山楂果非常美味，富含維他命C，是小鳥們愛吃的食物。祖母將山楂稱為春天的使者。有一回我折了山楂樹枝帶回家，她甚至拿起掃把要把我趕出門。

她說「要是把山楂放在家裡，會遭到詛咒」。對森林裡的小人而言，山楂一定也和橡樹一樣，都是神聖的樹木。

然而，現在在威爾斯的山上，幾乎看不見樹木。這是因為放牧綿羊的關係，全都是綿羊、強壯的牛和威爾斯馬幹的好事。它們把山上的草吃得像人工草皮一樣短，使樹木無法在該處生長。

因此，一提到威爾斯的原野風光，大家腦中浮現的應該是坡度和緩的山坡吧！在綠草如茵、狂風呼嘯、綿延不絕的山坡上，零星可見白色綿羊，山腳下蓋有堅固的石頭屋，但古時候絕對沒有這樣的風景。

因為遠古時代的威爾斯，無論是丘陵或高山全都被森林覆蓋，人們在濃綠的森林空地裡唱歌、跳舞、玩耍、狩獵，野豬、鹿，甚至是熊，都是他們的獵物。

故鄉的森林

每次回到威爾斯，我就會去看看那些兒時曾經給我力量和愛的樹木。

我尤其喜歡六月的威爾斯。

地面上舖著藍鐘花毯，橡樹葉在陽光的照射下綠得發亮，啊！綠得眞美！紅色的山楂果逐漸成熟，斑鳩幼鳥齊聲歡唱。

如今，往日的煤礦礦山幾已沉寂，山坡上醜陋的礦渣（煤礦渣）被種上草皮逐漸綠化，不久之後將化爲泥土吧！

威爾斯也種樹，但不幸和日本犯了同樣的錯誤。

那就是只種植單一種針葉樹。

不過，隨著英國加入歐盟，情況也許會有所改變。

隨著威爾斯對羊毛及羊肉的需求降低，放牧綿羊的數目也隨之減

少，種植青岡櫟等幼樹的機會，應該會逐漸增加吧！

雖然誰也無法預料，但森林也許會逐漸地恢復原貌也說不定。多虧祖母，我的血液中一定也流有古代森林居民的血液，對這樣的我而言，故鄉的森林如果能夠重現，將會是件多麼令人快樂的事。

啊！果眞如此的話，我的心必定將吟唱喜悅之歌。

第二章

亞方谷與黑姬

對紅龍之國威爾斯與黑龍之國黑姬的神祕情感。

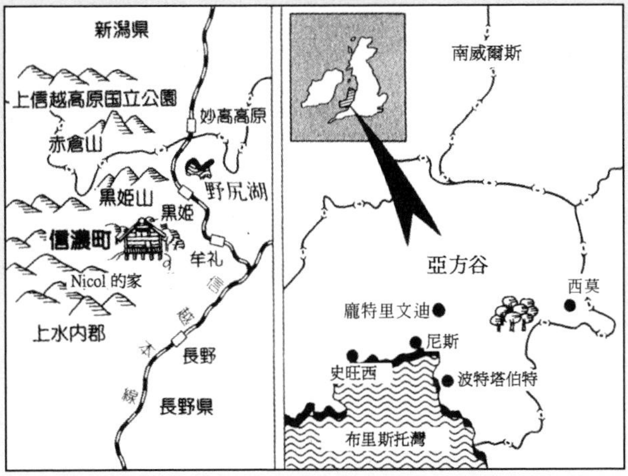

特別的關係

根據黑姬當地的傳說，很久以前帶走姬君的黑龍，來到山頂上的池塘，在那兒落地生根。

我的故鄉威爾斯的旗子也畫有龍的徽章，那是隻在綠色原野上舞動的紅龍。而一九四〇年我出生那年也正好是龍年，今年一九八八年也是龍年，我這個住在黑姬君山腳下的紅毛鬼，不由得讓人覺得我和龍之間似乎有特別的關係。

紅龍之國威爾斯與黑龍之國黑姬。我對於故鄉威爾斯和第二故鄉黑姬這兩塊土地，懷抱著難以言喻的深刻神祕情感。

礦渣之山

小時侯，我經常到位於高山山腰上的叔母家，那座山叫做艾維塔瓦西爾。從山上可遠眺尼斯河谷、尼斯河和史旺西鎮，甚至可以看到海。在雜草叢生的山坡上，有塊奇形怪狀的岩石，對年幼的我來說，看起來就像一顆龍頭。我經常跨坐在上面，想像自己坐在佈滿鱗片的龍的翅膀上，即將展開冒險之旅。

我的威爾斯祖先都是騎士，同時也是海盜，在世界各地流浪。但年輕時曾經歷第一次世界大戰的祖父，認識的外國卻只有法國及比利時的戰場。距離我出生地兩、三公里的地方，有個坑道貫通山下的大型礦坑，祖父年輕時就在那裡工作。

目前礦坑已逐一關閉，山谷和山腰上滿是廢棄礦渣（煤礦渣）的山坡，現在又悄悄地恢復綠意。

在這樣的山谷中，沿著亞方河形成一處極爲狹窄的峽谷。這個流域以礦坑爲中心，曾出現許多村落，例如：龐特里文迪（Pontrhydyfen）村或西莫（Cymmer）村，都是運送煤炭的鐵路集貨地。位於西莫村的礦坑，也是八十年前我祖父工作的地點之一。

在威爾斯煤礦業興起前，這座山谷原本被橡樹和山毛櫸等綠意盎然的森林覆蓋。但如今，森林中幾乎所有的樹木都被砍伐殆盡，用來作爲鐵軌的枕木或礦坑的支柱。

一封信

如今礦山已經關閉，威爾斯政府正致力於將亞方谷規劃成國家公園，在亞方河流域鋪設自行車道及人行步道，興建礦山博物館，重建往日的礦工酒吧，以及種植樹木等計畫，都在逐一實現當中。

上個月，史旺西州的計畫負責人寄了一封信給我，我在此稍加引用：

「最近我們的州審議會已著手進行，利用位於波特塔爾伯特附近亞方谷中的廢棄鐵路，鋪設自行車道的計畫。為使道路兩旁的荒地更添趣味，我們將進行以威爾斯移民為主題的景觀美化工作，詳細的情形是將道路兩側畫分成區塊，仿造威爾斯人移居此地時各地的天然林來造林，限於溫帶地區的樹種。造林地點則在面對道路的周邊區域，從舊有鐵路往內延伸的廣大荒地。目前種有無梗花櫟（Sessile Oak）和毛樺（Hairy Birch）等威爾斯也有的樹木。」

「我對您發表在一九八六年的《Nature》雜誌上的文章十分感興趣，為了表揚您在日本為認識森林所作的努力及貢獻，我們認為亞方谷十分適合仿造日本天然林來造林。因此，如果您能夠告訴我們最具日本代表性森林的組成樹木和灌木種類，以及大致的組成比例，對我們將有極大的幫助。亞方谷是彎曲狹窄的峽谷，山谷兩側爲十分陡峭的山坡，土壤爲酸性，降雨量極多。由於位於西南方，因此氣候較一般英國高地溫暖。」

信中還提到他們打算從種子開始來培育森林中的樹木，希望我協助他們取得種子，最後還希望我把以英文出版的書籍寄給他們。

人在黑姬的我，坐在家中客廳，捧著信淚水盈眶，不能自己。黑姬的森林將要在威爾斯落地生根，故鄉威爾斯的政府認同我這個作家所作的事，以及將要作的事。

黑姬的現況

今年在黑姬群山的森林中，還是會和往年一樣，出現砍伐樹齡高達數百年巨木的行爲吧！而我也還是會和往年一樣，要求當局停止砍伐。林野廳已對砍伐計畫作了某種程度的修正，以往在國家公園中不斷瘋狂破壞

森林的行為，目前已得到控制。然而，山毛櫸、槲樹、楓樹和櫻花樹等樹齡四百年的珍貴樹木，至今仍不斷倒下也是事實。

我是很典型的威爾斯人，即使人在日本，我一樣毫不客氣地抱怨、表示憤怒，最後再被怒氣和絕望打敗，只好在山中踽踽獨行，花幾百個小時，寫幾百篇文章宣導。

許多當地人都非常討厭我，他們說「尼可不了解日本人的心」。

但真的是這樣嗎？如果在一百年後，日本年輕人前往威爾斯，在亞方的山谷間享受騎乘單車的樂趣時，巧遇日本的森林呢？如果他們在道路兩旁突然出現的新森林中，發現從日本引進的山櫻、山毛櫸、色木槭等諸多故鄉的樹木時，他們會有什麼感覺呢？

年輕人或許已經不知道老舊說明書上所寫的尼可這個作家的名字，但他或她，一定會想起這個擁有日本心的威爾斯人。此時，只要他們仔細傾聽，一定會聽見我的靈魂在一旁竊笑的聲音。

我在寫作這篇文章時，書房的窗外，鳥居川因融雪而水量大增，轟隆作響，庭院裡山櫻花盛開，山毛櫸、橡樹、色木槭長出新綠嫩芽，從窗口望出去，美麗的綠意映入眼簾，辛夷花有如白色的火焰一般。

兩、三天前，今年第一批爲了確保領域而來的黃鶯，發出了第一聲鳥鳴，我打從心裡熱愛這塊美麗的土地。再過幾天，我也打算離開書房，爬上山頂，前往如神殿般高聳的古老森林。

尋找雪地上熊的足跡（如果有的話），聆聽無數小河的流水聲，向即將入侵的電鋸發出抗議的叫聲。

我們不能放古老森林一條生路嗎？日本殘存的天然林數量極少，如此富裕的國家擁有龐大資金，應該有能力重新投資缺乏整理的廣大造林區域，這些幾乎是單一針葉樹的森林，我們應該可以重新整理它吧！

日本的大自然

雖然日本人自命不凡地說：「日本人對大自然十分敏感。」但爲什麼說到卻做不到呢？

保護熊、鼯鼠、貓頭鷹、蜜蜂和水資源，使他們能夠存續是一件不可能的事嗎？一定要造成嚴重侵蝕和泥沙淤積嗎？爲什麼必須興建破壞自

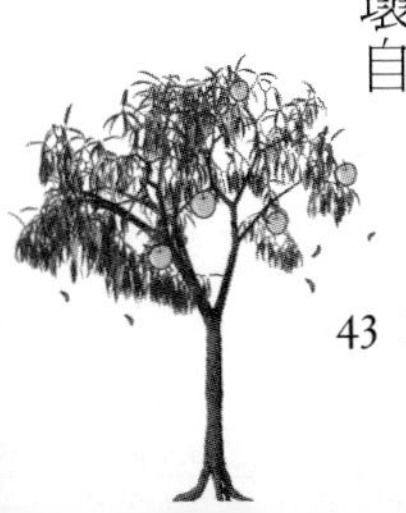

然的林道和損失慘重（可中飽私囊的利益也不小）的水庫呢？

日本被認爲是世界上少數幾個富裕的國家，其中包括森林、山和潔淨的水資源，多虧有廣大的綠色森林及豐富的水資源，日本才能成爲健康強大的國家。受惠於大自然的大量高級食物、山產、海鮮，正是這個國家的財富。

如今，日本卻變成自戀及充滿污染的國家，國民確實餐餐飽食，所吃的食物卻不如以往健康。

認爲日本之所以變得像現在這樣富有，是因爲國民努力工作的想法，太過單純，也太過自負了。

創造出無與倫比、纖細且多變文化的日本，以及強而有力、適應能力極佳的日本，正是日本的大自然、水、森林、海洋、日本的氣候，及其他所有神所賜予的自然恩惠。

但這些卻逐漸消失，而且是在快速地消失當中。

有人如此批評我：「威爾斯人有什麼資格批評日本！」

沒錯！我的確還沒有日本的公民權，但日本政府已給我永久居留權。這個國家的社會有言論自由，因此身爲作家的我，可以將語言當作武器或工具。我是個在田野中學習生物學的人，也曾在非洲籌辦成立國家公園，更曾在加拿大的環境省工作了相當長的一段時間。從最北邊的知床岳到最南邊的西表島，日本的森林我幾乎全走遍了，其中，我最喜歡黑姬的森林。而且我繳納了高額的稅金，比起那些說我壞話的人來，我至少多付了十倍吧！

更何況我的小女兒是日本人，我期盼當她變成老太太時，日本古老森林中的巨大古木仍然存在，這就是我的希望。

一直以來，我只能要求林野廳停止動作、改變政策，和不斷地批評、抱怨。當然，我也對國家提出增加森林相關預算，協助專家創造針葉、闊葉樹混合的健康森林。但大部分時間，對林野廳而言，我都是個麻煩製造者。這樣的我如果還想要求林野廳幫忙，似乎很厚臉皮，但這也是無可奈何的事情。

沒錯！我正打算懇求他們。林野廳有專家，我希望他們能夠告訴我，能夠種在威爾斯的日本樹木有哪些，尤其是自然生長在黑姬山林中的樹木和灌木的種類及比例。

威爾斯雖然鮮少下雪，但那裡的位置比日本更靠近北方，因此要種

的樹，必須是適合高山地形的耐寒種類才行。

我的夢

我現在有個想法，能不能在黑姬創造威爾斯的森林呢？我正好有土地，所以不需砍伐國家公園或其他森林裡的樹木，就可以實現這個夢想。

我家後面的小森林已種植幾百朵英國的水仙花，那是我在五年前種的，景觀看來就好像英格蘭的湖區。

在黑姬培育的威爾斯森林，沿著小路是一整片芬芳的風鈴草、櫻草、忍冬等花毯，後方的森林則是茂盛的山毛櫸，以及多節的橡樹古木和野生酸蘋果，光想像都覺得美麗。如果能夠採摘路邊的野生黑莓，或生長在舊石壁縫中的野生草莓，該會有多愉快啊！

但如果因此說我想家，或想生活在威爾斯的懷抱中，是絕對沒有的。我只是覺得，如果黑姬的森林將來能夠在亞方谷落地生根，綻放出美麗的花朵，使威爾斯人得以欣賞日本之美，若也能夠將亞方谷的風景移植到黑姬來，和日本人分享，不也是很好的事嗎？

至少，我覺得這件事和成立野生公園的意義相同。

我們威爾斯人之所以大量移民海外，最根本的原因是早期爲了支持英格蘭的產業、商業和移民政策，當地的自然資源被徹底地破壞了，我也是那些爲了追求荒野及自然之美而離開威爾斯的眾多人之一。

八年前我第一次來到黑姬時，我以爲自己找到一直以來追求的夢想。

黑龍啊！紅龍啊！能否將你們的翅膀借給在龍年出生的孩子們？請你們一定要幫我完成在威爾斯的亞方谷中，創造黑姬森林的夢想。

第三章
西米安高原

衣索比亞沙漠化的原因。

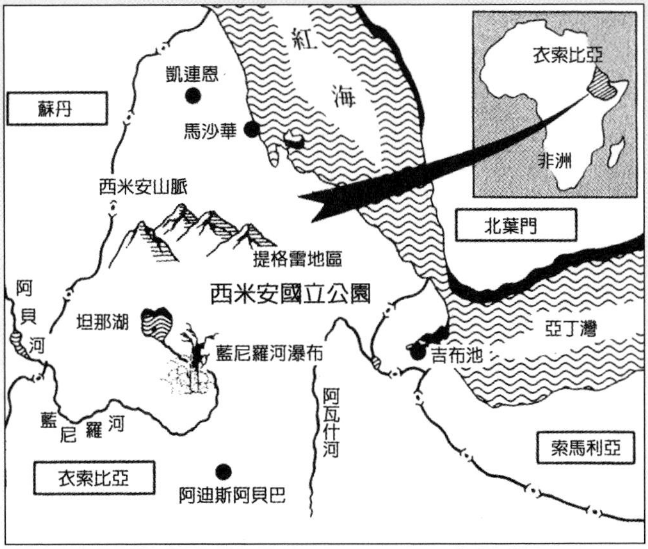

蜂蜜和花

生產蜂蜜是我目前在黑姬的工作之一，那是因爲我心血來潮，突然想花點時間、金錢和精力來製造精純的蜂蜜。

我和當地的朋友島田邦雄合作，但生產高品質的蜂蜜，並不是只要飼養蜜蜂就行，還必須有大量的花朵。

由於島田先生就住在大雪地區外的蘋果之鄉，因此有許多蘋果花蜜可供利用，果園當然也十分歡迎蜜蜂，因此可說是萬事具備，前提是蜜蜂必須沒被殺蟲劑給殺死才行。不過，我最喜歡的蜂蜜是由日本七葉樹和金合歡，也就是刺槐，所製造的蜂蜜。

最近這六年，我家附近的森林遭到肆意破壞，數千棵雄偉的日本七葉樹因而消失，而這種樹必須花一百到兩百年的時間，才能長成可供蜜蜂採蜜的程度。

一棵樹齡兩百年的日本七葉樹，每季平均可生產零售價值三萬至四萬日幣的蜂蜜，但同樣一棵樹若被加工製成紙漿，頂多只值一萬日幣，而且無法重新被利用，實在是太不值得了。

比起日本七葉樹，刺槐的生長速度較快，今年我決定在自己的土地上種植一百五十棵的刺槐，所以必須將稀疏種植的纖細落葉松砍除。幾年後，這些刺槐就可供採集蜂蜜，等我上了年紀（當然我必須能活到那個時候），多少可以拿來當作暖爐生火的木材（我還在原野兩邊種了紫苜蓿，將氮還給土壤，以便取得蜂蜜）。

我曾在衣索比亞住過兩年，那時我才知道蜂蜜對衣索比亞人的生活，是多麼地不可或缺。衣索比亞的國酒「貼吉」，就是用蜂蜜所釀製的，大多還會在其中添加蛇麻草，以增添風味。

我第一次到衣索比亞，是在二十一年前的一九六七年。雨季之後森林和原野群花盛開，經常可見馬、騾馬和驢，背負著裝有蜂蜜的大皮袋漫步其間。

衣索比亞人不像日本在地上放置蜂箱，嚴格說來，他們不飼養蜜蜂。他們以柳樹枝作成挖有許多小洞的長蜂箱，夾放在動物搆不著的樹木高處。野生蜜蜂發現了，就會在其中築巢，等到築滿蜂箱後，蜂箱主人就在樹下起火將蜜蜂燻出，再爬到樹上奪取蜂蜜。

在我居住的西米安山區，刺槐花同樣十分地吸引蜜蜂。這種樹在海拔九千英尺的山腰上十分常見。

我住的小屋和公園總部，大約位於海拔一萬一千至一萬二千英呎處。這附近野生蜜蜂喜歡收集大型石楠，也就是石楠花，以及大型小連翹的花蜜。大型小連翹高度可達五公尺以上，是生長在非洲高山上的植物，會開出略似金木犀般可愛的黃色花朵。這兩種都是我非常喜歡的樹木，只要雨季結束，花朵同時盛開之時，一整天都可以聽到幾千隻蜜蜂在空氣中振翅的聲音。

歐洲的石楠幾乎都是五十公分以下的小草，但非洲種的石楠則是樹幹堅硬的紅色大樹。西米安高原主要都是這種大型石楠，但花朵的大小和歐洲種相同，顏色也一樣。野生蜜蜂在石楠花上採得的蜂蜜，味道溫和，十分特殊。

銀色緞帶

在西米安的高山地區，可以看見連綿的巨大斷層崖，長達四十公里，高度從一千到一千五百公尺，陡峭的斷崖上整片都是茂盛的非洲高山植物和樹木。

即使是漫長的乾季，一大早在這樣的森林中散步，全身上下從帽子到外套短褲，都會被露水沾濕。熱空氣由下往上昇，遇冷後形成早上的霧氣，變成草葉上的露水，此霧中富含大量的水蒸氣，可維持高山上的綠意，降低空氣的溫度。草和地衣植物上的露水滴落，被土壤吸收，最後變成無數的小河流出地面，小河匯集後成爲大河，形成從斷崖上落下有如銀色緞帶般的瀑布，流入斷崖底下的低地。

高山斜坡上的森林和收集冷卻水源的功能，是這個地區生態所不可或缺的，低地所有的村落也因此有水可用。

國家公園斷層崖的山腳下，原本有更多陡峭的山坡，種類豐富的闊葉樹森林覆蓋著整片山坡。此處的森林和高山上的森林一樣，都具有冷卻

空氣、收集和涵養水源的作用。山坡下方曾是一片肥沃的台地，當時已被開發作爲農耕及畜牧之用。

我曾看過一位一百年前從海岸深入內地的英國探險家，描寫這附近一個叫特格雷縣的地方的文章，他是這麼寫的。

「那是塊充滿牛奶及蜂蜜的土地，受惠於花朵盛開的草原、涼爽的高地森林及豐富的水資源……。」

而這樣的特格雷如今卻已變成荒僻不毛的沙漠。

身負成立新國家公園的任務，首次進入西米安的我，隨即明白對這個地區而言，在斷崖上下方進行的森林破壞，是比盜獵者和土匪還要嚴重可怕的威脅。

到任後半年內，我和二十名武裝管理員將土匪和盜獵者趕出了這個區域，但爲了要讓當地人停止破壞森林，改變燒田農耕的方法，花了兩年的時間，卻還是徒勞無功。除了小部分的公園外，周圍的土地都在我的眼前，逐一變成了沙漠。

森林的作用

當地的農民是這樣種田的。

他們先砍伐森林中的樹木，放在地上曬乾焚燒之後，再開始犁田。無論是多麼陡峭的山坡，他們都企圖將它開墾成田地，在這種地方，不管你怎麼挖、怎麼種，挖出的土塊只會一味地掉落，他們完全從沒想過把山坡開墾成梯田。只要一下大雨，土壤便會流失，不到五年，整個山坡都流失殆盡，岩石外露，而且不再有覆蓋其上的樹木、綠意和土壤，當然也不會有水蒸氣。

由於偌大的森林遭到破壞，局部地區的氣候也開始產生變化。巡邏時，從涼爽的公園進到四周的山谷，馬上就可以清楚感覺到。因爲土壤流失導致岩面外露的山谷，地面的空氣十分乾燥，白天時有如地獄般炎熱，晚上卻極爲寒冷。山谷之間的氣候變化如此遽烈，全國的天氣當然也會受影響。

大多數的人卻不想理會這件事，但我希望大家仔細想想，樹木並不只是爲了形成樹蔭、涵養土壤而生，每片樹葉在進行光合作用時，水份從

葉片中蒸發出來，在空氣中釋放出水分，空氣便隨之冷卻，因此森林可說是由數億個小型冷氣機組合而成，這也是森林較平地涼爽的原因。森林裡的空氣所含的水蒸氣量較多，因此地面當然也就不容易過度乾燥、變熱。

在高山上巡邏時，一入夜，我們經常圍坐在小型營火旁，大啖烤山羊、綿羊和雞肉，一邊暢飲蜂蜜酒，以及當地的啤酒或衣索比亞有如燃燒般口感的燒酒卡帝卡拉。此時放眼遠眺，國家公園四周的低地全是數量驚人的火苗，那都是村民正在放火燒林。

他們砍伐焚燒公園裡的森林時，我心中的復仇天使也怒火燒盡九重天，使我立即採取行動。我曾經逮捕多達三十九人，將他們關入大牢，但森林的破壞，卻還是毫不留情地持續著。

無知與貧困

人口不斷地增加，加上完全不施堆肥或肥料，不懂土壤保護或改變周期利用耕地，衣索比亞人的田地收穫明顯減少，而且因為稅賦嚴苛，農民只種植像大麥等可變賣現金的農作物。平地因爲已完全開發，可供耕種的，就只剩下覆蓋森林的山坡。

我和手下的管理員爲了守護國家公園，在森林不斷地巡邏，那兩年當中，遭我逮捕的人數多達兩百多人，其中大多有武裝。即使如此，我並非只訴諸武力，我懇求、勸哄、到處說明，只要森林遭到破壞，水、蜜蜂和其他所有重要的東西都會消失，然而對方是無知的農民，貧窮的壓力又實在太大。

所有地區的樹木都遭到砍伐，老鷹和貓頭鷹失去了棲息的樹木，胡狼和西米安狐狸因盜獵，導致數量減少，因此造成野鼠暴增，這簡直和聖經中所記載的情形一模一樣。

隨著森林的消失，豹也跟著絕跡，只剩下自然界中不再有敵人的狒狒，以驚人的速度大量繁殖。

位於低地的村落，曾經發生過好不容易收成的玉米、黍子、稻科植物苔麩和小麥等所有作物，連續三晚被旁若無人的狒狒群啃食殆盡。這群山狒狒總數超過四百隻（棲息在高地的狒狒不是山狒狒，而是獅尾狒狒）。

村民拜託我想辦法，我帶了六名屬下到村子裡，雖不至於到大屠殺的地步，但也殺了三十隻的狒狒。後來狒狒雖逃離村莊，但陸續還是傳出災情。

隨著水源消失，疫病也開始發威。

這可說是人類破壞自然最典型的一種愚蠢行爲。

我的預言

一九六九年年底，我絕望地離開衣索比亞之後，寫了一本書。我在這本於英國和美國出版的書中，預言這個國家即將發生可怕的乾旱、飢荒和疾病。

這天災可能將造成數萬人死亡，整個國家會變成沙漠，而共產黨也將發動軍事政變。我的預言全部成眞，我也在書中提到，人們會被收容在難民營中，而這些難民營未來將變成非洲恐佈分子的溫床。最後一項預言雖尚未實現，但已八九不離十。

我在衣索比亞時，對抗的不只是盜獵者，我和那些狩獵動物局官員的頂頭上司，也經常是針鋒相對。有一回，衣索比亞的上司對我說：

「你爲什麼要爲樹的事吵個不停？尼可監察官！你只要管好動物就行了啦。」

這竟是受過教育的高級公務員的反應。如果眞照他的話去做，要想說服那些手中只有斧頭和鋤頭，被高額稅金壓得喘不過氣來的貧窮農民，根本是不可能的事。

有一次，我利用公園的經費說服幾個當地人，將部份農地改成梯田，我也到田裡和他們一起工作。幾天後，村長到田裡來對我說：

「在衣索比亞是不用石頭圍住田地的，你這麼做，鄰近的人會吃醋，會因此引發糾紛的……。」

結果，我好不容易實現的梯田計畫就此告吹。

看見飢餓的孩子，或因爲營養失調而無法哺乳的母親，我也會和一般人一樣心生同情，然而，爲了拯救西米安高原的那兩年奮鬥經驗，從某個角度來說，已把我的心變得不近人情。政府、警察、軍隊及農民，不只是不聽我的意見，就連其他專家的建議也一概充耳不聞。

他們恣意破壞自己的土地，於是這回土地終於要向他們復仇。對這個區域，尤其是衣索比亞，我之所以連一塊錢也不想捐，就是這個原因。

爲了豐富的森林

五十年前佔領這塊土地的義大利人，興建了許多繁榮且維持良好的農園及果園，我住的貝格姆迪爾縣，甚至被稱爲「非洲的麵包籃」。衣索比亞人在奪回這個國家的主權後，破壞農田、砍伐果樹，這個國家如今只剩下沙漠。

我並不崇拜殖民主義，當然也相信，無論是什麼樣的人民，都應該是自己國家的主人。然而，實在有太多的非洲國家，不斷地破壞自己的生態，這雖然不幸，但卻是不爭的事實。也就是說，送食物或金錢給他們，並不是件好事。

兩年前，我在目前被稱爲薩伊的國家住了一個月。至今我還會想起，當時我開著車行經比利時殖民時所興建的長約兩公里的美麗道路，道路兩旁並排著高聳的尤加利樹，十分地壯觀美麗。後來，我們進入俾格米人的故鄉依德利的大森林時，發現當地也遭到破壞，而且這個地方是非洲僅剩十分貴重的古老森林。看到這般情形，我只能在心中暗自祈禱日本的木材業者與此無關。

因此，當我呼籲保護天然林，恢復遭到棄置的單一造林時，我心中始終抹不去衣索比亞留下的印象。日本當然不會突然變成沙漠，我也知道日本人懂得種樹，但森林的本質，的確已經產生極大的改變，而這種變化仍在持續當中。

那麼，我們該怎麼辦呢？有一個頗有效的方法，那就是靠我們的力量來維護森林。如果是單一的針葉林，那就稍加疏伐，將它改造成樹種多元的樹林。但最重要的，是提高人民對森林的認識，因爲即使是住在都市的人，同樣也得利用來自山區的水源。

我們應該要先從瞭解森林是造福國家不可或缺的東西，開始教育我們的下一代，森林絕對不只是熊、松鼠或瘋狂的威爾斯人玩捉迷藏的地方。

第四章
黑姬

將一萬六千坪的黑姬森林，名爲亞方黑姬。

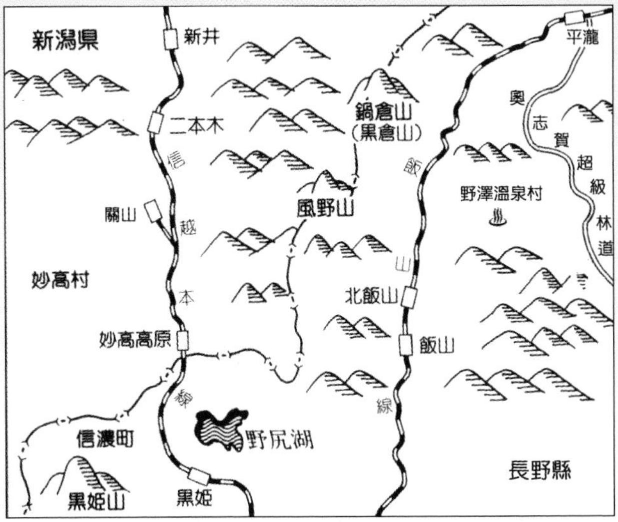

深受上天寵愛的國家

現在是六月初，黑姬這時經常下雨。在溫柔的雨中，放眼盡是燦爛的綠意。到黑姬來欣賞大自然的人當中，也許會有人認為我成天為了森林遭到破壞而大吵大嚷，是在無理取鬧，眼前不還有一大堆樹嗎？我為什麼還要振臂疾呼保護森林呢？

因為最大的問題，是日本的森林資源十分豐富，每個人都把它視為理所當然，所以幾乎不會有人特別去注意它。

兩場研討會

兩年前我曾參加在大阪召開的研討會，一位學校老師和我一起站在講台上演說。他對教育學生了解身邊的自然環境十分熱衷，是非常少見的優秀教師。當時會場上幾乎都是年輕母親，這名老師從背包裡拿出一根帶葉的樹枝，將它高舉過頭。

「有沒有哪一位知道這是什麼？」他問道。

我不清楚與會者有沒有人知道那是什麼，不過在我看來似乎沒有人知道。

「這是栗樹枝，這個是栗子的花。」

一聽到老師的話，全場響起「天啊！」、「哇！」等女人驚訝時會發出的聲音。

栗樹應該隨處可見，但她們爲什麼會這麼驚訝？

並不是因爲她們不看栗子樹，她們當然會受到吸引，花開時也會聞到香味，只是不記得罷了。大概是因爲栗樹不值得一記吧！

因此對她們而言，無論是滿山荒涼的落葉松林，或未經過整理的天然雜樹林，都一樣，因爲兩者都是綠色的。

這讓我想起參加過的另一場研討會。當時我強烈要求林野廳停止肆無忌憚地破壞森林，我再三強調，日本全國的國家公園的樹木遭到砍伐後，賣給簽約廠商的實際情況，以及爲了搬運木材所鋪設的道路已深入國有林，完全無視於水源保護區而強行鋪設的林中道路，這些費用完全來自

百姓的稅金，這筆花費要比販賣砍伐的天然林的收入還要來的多，不過這筆收入是林野廳的財源。

我親眼看到全國各地的天然林、處女林和國家公園裡的森林，正不斷遭受這類大規模的破壞。

但是又怎麼樣呢？當我發表完畢，與會的一名女性來賓站起身來，表示森林並未遭到破壞。她說因爲有砍伐也有造林，所以不會有問題。

此女十分獨斷，是所謂的評論家。在她的眼中，樹木就是樹木，以單一針葉樹造林，來取代樹齡四百年，甚至是超過四百年天然雜樹林的愚蠢行爲，對這名女性評論家而言，是非常理所當然的事。

樹木的名字

我非常沮喪。表面上來看，這種評論家的日文比我好，所以可以把話說得很動聽，然而一談到我熟悉的領域，我就比大多數的日本人更了解日文，更能夠掌握實際的情形。事實上，我總是必須和那些完全不清楚他們所說的事實眞相的人打口水戰。

舉例來說吧！

有一種樹叫山毛櫸，它生長在什麼地方？樹皮是什麼顏色？樹皮是光滑或粗糙？葉子的大小和形狀呢？果實長什麼樣子？你知道今年是山毛櫸五年一次的開花季嗎？

還有你知道它的雄蕊比較多嗎？你知道山毛櫸有雌蕊和雄蕊嗎？曾經吃過山毛櫸的果實嗎？

你知道熊是如何剝開山毛櫸的果實來吃的呢？你知道三十公尺的山毛櫸被砍下後，賣不到一萬塊日幣嗎？你知道即使山毛櫸的木材沒有什麼經濟價值，但卻是保護土壤及水源不可或缺的植物嗎？你知道目前日本幾乎沒有山毛櫸林，而這是在最近十年才造成的事實嗎？你知道這種情形可能造成多麼可怕的土壤流失嗎？

而且當我說到「山毛櫸」時，即使是曾經聽過，或看過山毛櫸這個字眼的人，也不知道它究竟長什麼樣子。我能夠說出橡樹、水楢、短柄枹櫟、櫟樹、日本厚朴、胡桃、栗樹、水胡桃、白樺、樺樹、榆樹、色木槭、楓樹、杉樹、落葉松、赤松等其他多種樹木的名稱，而且每棵樹我都

知道它們確實的模樣。但當我說到某種樹木的名稱時，對方如果無法想像樹木的樣子，當然也就無法相互溝通，這些人大概也完全無法理解這個國家的森林，究竟面臨著什麼樣的危機。

經過整理的森林

那麼，我究竟該做什麼呢？和以前一樣繼續寫作嗎？繼續演說嗎？一直以來，我經常覺得自己好像悶在一個大棉布袋裡掙扎。光是寫和說，根本不夠！我必須更努力學習有關森林的知識。

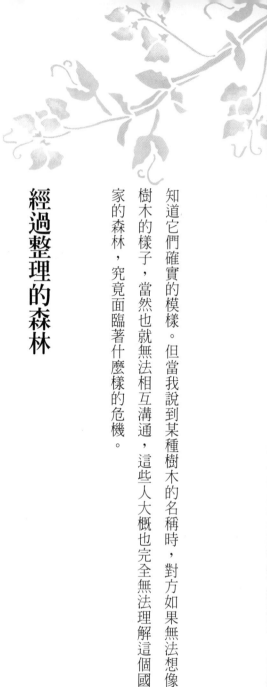

事實上，這四天我每天都在森林裡待上好幾個小時。我花了兩天的時間，攀爬長野縣的鍋倉山，在那裡眺望巨大的山毛櫸林，看著清澈的泉水從地面湧出，泉水清淨、冰冷、美味至極。剩下的兩天，我在森林裡工作。

最近我們剛取得一萬六千坪的山林地。我家訪客眾多（一年竟多達一千人），還有小孩和工作人員，書和文件也不斷增加，再加上八年間收藏的雜物，目前住的房子實在稍嫌狹窄。我當初蓋這棟房子時四周並沒有人家，完全沒有妨礙景觀的建築，但最近這個地方似乎太過出名，環境越來越整齊，從客廳的景觀窗看出去，眼前還出現一棟新的建築物，周圍被鋪上道路、畫上藍圖……。我之所以到這裡來，是爲了想在大自然中生活，以自己的力量控制環境。

所以，我想在三年內蓋一棟融入自然環境的大房子。擁有一萬六千坪的土地，我就可以遵循自己的哲學而生活了。

讀書

要蓋房子就必須砍樹，前天我不得已地砍下二十棵樹，其中包括櫟樹、杉樹和樺樹。把樹砍倒後，我撿拾細枝捆成一束，以便將來作爲柴火之用。其中最老的樹，樹齡約在五十至六十年間，我擁有的這座山林，是一座經過徹底砍伐後重生的森林。昭和初期，有人貪得無厭地將森林砍伐殆盡後，就棄置不管了。

森林中有許多壯觀的樹木，四周還有高大的山櫻花、胡桃樹、栗樹、櫟樹和水楢，但因種植過密，所有樹都長得又細又長。依照區域的不同，有百分之七十的樹必須進行疏伐，剩下的百分之三十，則可加以保留。要進行疏伐整理直到森林適應生長，必須花三到四年的時間，砍伐太過擁擠的樹木，就可讓陽光照射進來（這會有正面的影響）。另一方面，樹木也會比以前暴露在更大的風及寒冷的環境中（對此則須擬定對策），因此，我必須更加努力，學習不同種類樹木之間的相互關係、成長地點，和樹木可能出現的疾病。

因爲我也有自己喜歡的樹木，所以必須注意不可太過依賴自己的判斷。我的朋友中，有人爲了改良森林，在當地將白樺樹以外的樹木全數砍除，這麼做對森林絕不是件好事。不同種類的樹木，有的比較長壽，有的一開始生長速度極快，之後便逐漸減緩。我希望我的森林裡種植和公園一樣，種類眾多的樹木，那些茂密、粗壯、開枝散葉的樹木。

由於這個森林長達五十年乏人問津，長滿了山白竹和雜草，幾乎無路可走，我雖然想把這些全部割除，但也必須對此深思熟慮。因爲黃鶯和繡眼鳥喜歡在山白竹叢裡築巢，所以我決定等到今年的雛鳥全部孵化之後再割草。爲了保留小鳥們的勢力範圍，我也打算留下叢生的零星雜草。只要割除叢生的雜草，陽光將會更充足，幼木也可以再度長出，割除雜草後，不消幾年，森林裡應該就會綻放出無數的花朵吧！

流經森林的幾條小河，將覆蓋河岸的野草和堆積的木屑沖刷乾淨，我打算進行研究調查，如果水流可以整年不斷，我打算利用岩石做個紅點鮭和鮭魚可以藏身的小水池。

森林的經營

目前森林裡長滿藤蔓，如此密密麻麻的藤蔓是鮮少可見的，我非常喜歡紫藤，它不僅美麗，而且嬌美芳香的花朵能夠讓憂鬱的落葉松及杉樹林搖身一變，成爲開滿紫花的森林。然而美麗的紫藤同時也是樹木的殺手，只要它纏上其他的樹木，就會讓它窒息枯萎。關於這點，我也必須聰明地判斷，以維持平衡。因爲地點不同，有時爲了拯救其他的樹木，必須割除紫藤，有的則可讓它繼續蔓延，等住家完成後，我還必須搭建支架或

籬笆遷移紫藤。

我想仿造古英國的作法，利用部份森林製造一片經過人工修剪的樹林，這種作法，是將樹木的高度修剪得較低，讓樹枝茂密生長。以前英國人經常將樹木鋸得只離地面三公尺高，然後讓樹枝衍生而出，以防止小鹿啃食樹的嫩葉。如果加以仿造，在此地造一座高度較低、生長茂密的森林，應該也很有趣吧！當然，無論如何，都必須持續修剪和疏伐，這些維護森林的工作，將會成爲我的畢生職志吧！

同時，還必須在森林中鋪設道路，全長約爲兩百公尺，森林和線道間有二十八公尺高的斜坡。爲了鋪設道路，必須砍伐樹木，爲預防地基鬆軟，必須種植扎根較深的灌木和植物以留住土壤，也必須美化推土機工作過的痕跡。

在陡峭的斜坡上進行疏伐時，必須十分小心，以免使土壤流失。我想在不同的地方稍微改變森林的自然面貌，讓陽光能夠照射進來，並種植花朵及大量莓類植物，更方便讓野生動物棲息其中。

最幸運的是，我認識一位經驗豐富的林業家，他教會我許多事，也幫了我很大的忙，他的名字叫松木先生。松木先生一直從事與森林有關的工作，非常了解森林，只要有他在我身邊，我應該不會犯下什麼大錯。

我和松木先生已經完成確認經營森林的基本原則，也決定建造日本自古流傳下來的石製燒炭窯。

亞方谷

就生態學上而言，對待處女林最好的方法，就是閒置，人類一旦進入其中，便會加以破壞，如果形成新的森林，人類就有責任重新整理培育。我做不出將森林的樹木全數砍伐，再改種植針葉樹的愚蠢行爲，我想讓這座森林中的所有樹木和植物，都能遊刃有餘地生長，將這塊土地變成自然公園，這是我的目標。

我將此地命名爲亞方谷。

我打算疼愛保護這座亞方谷，這裡是我的土地，同時也屬於這個國家。我希望珍惜尊敬自然的人們，能夠享受此地的自然，但無論是誰，只要破壞、盜取、污損這裡，我都不會原諒他。

這座森林教育的絕不僅僅只有我一個人，其他人也同樣會從這座森林學會許多事。

總之，我的想法就如同我剛才所說的，我打算實踐貫徹一切，即使我必須耗費一生追求這個夢想，也在所不惜。

一小時後，我又會冒雨前去森林，選擇挖掘水井的地點，明天我也打算到森林裡去。我必須工作、學習、列出明細，只要積極關心自然的人能夠增加到一百、一千、一萬個人，日本的國土就能夠再度成爲一個美麗的自然庭院。

第五章
亞方谷

小山谷的歷史及其未來的夢想故事。

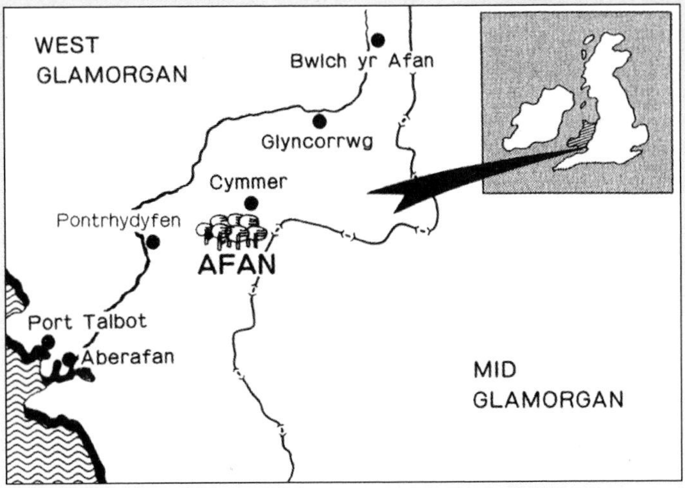

好消息

最近West Glamrgan州的企劃局又寫信來告訴我，關於他們將在亞方谷設置日本區的事情。負責人肯恩博士在信中告訴我這個好消息，至少對我來說是個好消息。

他在信中提到，他建議國家森林委員會，將亞方谷從州立公園升格為「森林公園」。

信中還附帶寄來公園的地圖，並將預定設置「黑姬森林」的部份塗成綠色。照地圖上標示的範圍，看來面積頗大，長度超過一公里，寬度約達三百公尺。

我們（沒錯！是我們！因為我答應他將全力協助此項計畫進行。）首先打算從種子育苗開始，大概得花上兩年至三年的時間，栽種種苗後還必須加以保護，以免被威爾斯各地放牧的羊群吃掉。雖然經過檢疫後，可將樹木從日本帶進英國，但手續十分繁複，所以我們打算先在主要的森林種植種苗，再設置保護區加以保護。

一直以來，我嚴厲批評日本的林野廳，還常說些情緒性的言語，儘管如此，林野廳的官員仍提供一些很好的建議，並協助我取得種子。

這篇文章發表時，我應該正在亞方谷拍照、錄影、作筆記吧！照這個情況看來，明年春天計畫應該可以付諸實行。

羅馬人的足跡

亞方谷是南威爾斯數個山谷中最狹窄最小的山谷之一，從最頂端的Bwlch yr Afam到最尾端的Aberafam出海，全長約二十公里，山谷上游十分陡峭，但一到下游，林木茂密、河面變寬，在龐特里文迪與沿岸的原野相連。

很久以前，森林深處住著靠狩獵和採集維生的民族，他們的歷史只留存在傳說中，「小小人」如：精靈、矮人、小老人等精靈或矮人的故事裡。

農耕生活約始於四千年前，小型聚落零星地分散各處，主要使用青銅工具耕田，山丘上至今仍留有墓塚及具宗教象徵的石圈，這些都是他們留下的遺跡。

西元一百年左右，羅馬人入侵威爾斯時，鐵器已廣爲使用，羅馬旅人避開山腳下闊葉樹林茂密的山谷，沿著山峰而行。

我出生的地方鄰近尼斯的東納，那兒至今仍留有野營用的低矮土堆，是當時羅馬軍隊計畫掃蕩住在當地勇敢的凱爾特人及希利亞人時，所紮營的地點。

羅馬人興建了良好的道路及無數的城寨，他們攻佔威爾斯超過一百年，其足跡至今仍留在該區的建築物、道路、橋梁及語言中。因此，威爾斯的單字中，有許多直接借用拉丁語的部份，例如：pont（橋）、fenetre（窗）、dieu（神）、plum（鉛）等，栗子和核桃樹也是由羅馬人引進的。

基督教的傳入也和羅馬人有密切的關係，中世紀時修道院握有亞方谷廣大地區的放牧權。

農業越來越重要，森林變成農田、牧場、石頭圍牆和羊圈，兩百年前的石牆和羊圈至今仍在使用。

產業革命後

鄰近「黑姬森林」預定地的西莫，在工業革命前，是人們趕集和休息的地方。他們從此地翻山越嶺，將家畜帶往英格蘭的市場。

如今，殘存的三棟石屋是一二八四年結束的八年激戰，英格蘭征服威爾斯之前的建築。

因爲山腰石灰岩外露，煤礦資源被輕易地發現，旁邊鋪有坑道進行挖掘，一六九四年便已開始開採。

到了十八世紀，煤炭被用來當作燃料，興建了製銅場，十九世紀鐵及錫工業出現，第一座融礦爐於一八一九年製造完成。

同時建設運河，自一點五公里外的亞方河引入河水，以運送興建製鐵廠所需的石頭。

一七五〇年，開採煤礦雖已十分興盛，但眞正的高峰期是在鐵路開通之後。

鐵路在一八六一年至一八六三年間，經過隧道進入亞方谷。

興建鐵路雖是爲了運送煤礦，但當地人經常搭乘清洗乾淨的無蓋貨車，前往大都市尼斯。因爲火車燒煤，所以他們的臉也燻得像其他貨車上的煤炭一樣黑。

由於不斷地開挖隧道鋪設鐵路，到了十九世紀末，這個地區全都變成礦山，其中大多數都是挖得非常深的坑道，是威爾斯最深的礦山，我的祖父也在其中一座礦山工作。

即使如此，這座小礦山城市，仍保留著威爾斯文化，自古流傳的威爾斯傳統及語言也在此扎根。

例如聖誕節時，身穿古裝的人們在頭戴著馬頭面具的人帶領下，挨家挨戶地唱歌跳舞。

每一戶人家都會用蛋糕來招待他們，扮成馬的領隊則依照規矩打招呼，之後所有團員就會獻上即興的表演，大多是朗誦滑稽的詩歌，而每一戶人家也同樣回以即興詩歌。

從很久以前，詩和歌就是威爾斯文化中不可或缺的一部份。跟英格蘭比起來有過之而無不及，即使是現在，每個村子和城市都還有合唱團。

開始造林

第一次世界大戰期間，威爾斯有許多人喪生，亞方谷也因此開始沒落。一九二一年及一九二六年嚴重罷工使情況更加惡化，不久後發生了第二次世界大戰，造成更多村民死亡。

亞方谷經濟衰退及人口減少持續了很長一段時間，Glymcorrwg最後一座煤礦場在一九七〇年關閉。然而，這一切並不是只有負面的影響，經濟雖不斷衰退，但荒廢的山區卻開始發展林業。

一九三八年林業委員會開始造林，他們因應各種不同的土壤、坡度、排水狀況及日照條件，準備各類樹苗。在坡度較低處種植蕨類和落葉松；在藍莓（用來搭配派或果醬十分美味）或石楠生長的乾燥淺層土壤，種植蘇格蘭松；長滿紫色酸沼草原的泥炭岩高原，種植阿拉斯加冷杉；朝北潮濕下霜的寒冷地區，種植德國冷杉；下方的淺層土壤，則種植科西嘉松樹。

所幸亞方谷地勢十分陡峭，因此有極小部份原有的橡樹及樺樹森林獲得保留。

自造林後的第二十年起，每五年就會針對這些針葉樹林進行定期疏伐，以前砍伐的木材都被當作礦坑的支柱，最後一批被砍伐的樹木樹齡約在四十至六十年間。

林業委員會造林的主要目的，是為了生產工業用的便宜木材，這個政策至今從未改變，但從二十年前起，休閒生活逐漸獲得重視，委員會才開始種植不同種類的樹木，尤其是落葉樹。

目前幾乎已找不到因過度放牧或工業化所造成的破壞或閒置森林，森林和山谷都受到保護，並建有步道、自行車道、野餐或烤肉用的區域、小型博物館及其他娛樂設施。森林休閒專家也在此進行演講或指導旅遊，亞方河又和以前一樣可供垂釣鱒魚、鮭魚和黑鱒。

野生動物也陸續回到森林，幾乎可說是奇蹟，森林裡目前約有一千頭鹿棲息其中。

觀賞牠們最好的時間是清晨或黃昏，此時是鹿群們為了覓食離開樹叢的時候。牠們偏好藏身在陰暗的針葉樹林間，主要以橡樹、樺樹、梣樹、赤楊及榛樹等的樹葉或樹芽維生。

放鬆

工業消失後，橡樹林中又再度出現地衣及苔類植物，這些植物因爲無法與產業污染共存，已消失了很長一段時間，人類只要稍加協助，大自然便可自行恢復原狀。

灰松鼠、歐洲松鼠、狐狸、穴兔、野兔和獾等動物，也和鳥類一樣，經常在此地現身，在這山谷生活數千年的動物和植物，陸續返回這個針葉樹造林區，隨著森林漸具雛形及人類環保意識逐漸成熟，牠們的數量一定會比現在更多。

「亞方谷在忙碌的產業社會中，是極具價值的自然資源，必須加以保護。」威爾斯政府如是說。

以往龐大的煤礦產業雖已消失，但威爾斯，尤其是南威爾斯，已極度工業化，日本的工廠也在當地蓬勃發展，日本企業扮演的角色越發重要，同時也受到歡迎。

人類再度回歸自然，追求心靈及身體的放鬆。

我小時候人們經常到海邊度假，但現在每到假日，威爾斯的海邊也

和日本一樣紛擾雜沓，人們因而轉向森林。

就如同很久很久以前，童年的我，曾經在古代留下的橡樹森林及廣大的山丘上，學會愛護大自然。

日本的矛盾

如果成立「黑姬森林」的夢想得以實現，五十、一百年之後，威爾斯人也能在長滿日本傳統山櫻花、日本厚朴及山毛櫸的森林中散步，那該是多美好的事。

我相信到那個時候，日本人和日本政府也會發現，搶救森林的必要性。我這個威爾斯出身的自然主義者，深有此感。由於政府及企業的貪婪，在很短的時間內，便在威爾斯造成可怕的破壞，這樣的威爾斯要想恢復自然環境，必須花上相當可觀的時間、金錢及努力。

殘留在黑姬、戶隱、飯繩、妙高深山中的天然林，爲何不加以保留呢？

直到今天，政府當局都還在持續砍伐那些樹齡長達三、四百年的樹木，爲的又是什麼呢？

爲什麼？究竟是爲什麼？

日本的林野廳十分慷慨地答應接受我的委託，協助在威爾斯成立日本森林，但卻還是繼續在破壞自己國家的森林，甚至是國家公園的森林。不久，這樣的矛盾應該就會被清楚地凸顯出來。

我之所以在此向各位、也就是我的讀者介紹這個小峽谷的歷史，及其對未來的夢想，主要的目的就是在此。

第六章
加利西亞

原產於澳洲的尤加利樹竟出現在西班牙。

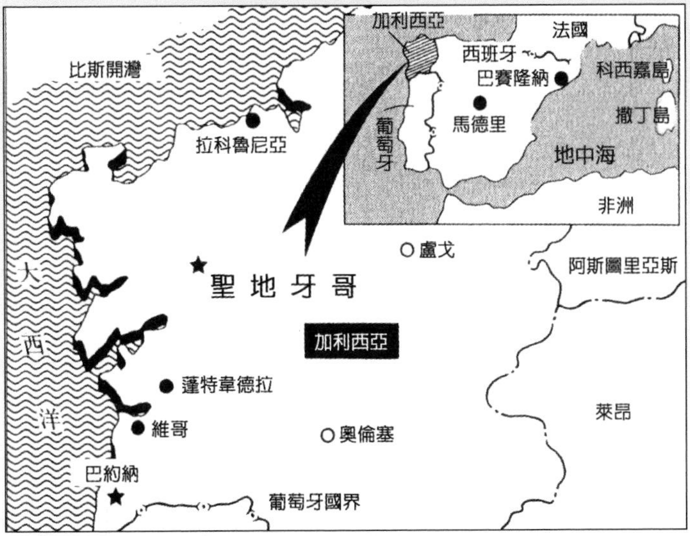

森林大火和尤加利樹

我第一次到訪加利西亞是在兩年前。那時當地森林大火頻仍，讓我十分意外，我真的覺得很不可思議。去年造訪當地時也是一樣，夏季裡，幾乎每一天，四周的山丘都籠罩在森林大火的藍色煙霧之中。

會如此的部分原因是因爲吸煙者亂丟煙蒂所致。西班牙的抽煙人口非常多，道路沿線的大火，應該都是肇因於亂丟煙蒂。

西班牙人隨手將尚未熄滅的煙蒂丟出窗外，這樣的行爲雖然草率又危險，卻十分常見。實際上，當我親眼看見有人這麼作時，也傻眼了。就算是這樣，這類的森林大火還是經常被大肆報導，成爲大家討論的話題。我於是針對此事，詢問西班牙的朋友，他們卻告訴我，導致森林大火是因爲有人縱火。這讓我想起兩年前我和老朋友池田宗弘在加利西亞時，他也說過同樣的話。

但去年我再度拜訪加利西亞時，經常看到以紅色字體書寫的「消滅火災」的海報及紀念章，以及貼在保險桿上的宣傳海報，今年卻已不多見。我從日本到達此地的十天當中，連一次森林大火也沒看到，大概是宣導奏效了吧！

不過，西班牙人爲何要在山中縱火呢？

這個問題的答案，令我十分意外。西班牙的加利西亞是以凱爾特人爲多數的區域，其中卻仍有些激進分子企圖想要獨立，和北巴斯克地區一樣。人們於是就說縱火是激進份子所爲，理由是他們不喜歡樹木。

不喜歡樹木？

他們不喜歡樹木的原因之一，是因爲這些樹木是外國品種，而非加利西亞原生樹種。其次，是種植這些樹木的人，是前西班牙獨裁者佛朗哥。爲了在濫伐而荒僻不毛的山上造林，佛朗哥聽從專家的建議，引進生長速度最快的藍櫻，這種樹木二十年便可砍伐利用。

我第一次到訪此地，看到如此眾多茂密的尤加利樹時，感覺確實很奇特。尤其是這些尤加利樹森林，並非爲了在庭院或當作行道樹而種，而且它們種植的範圍十分廣大，改變了整個北部地區的景觀。我在許多地方見過相當巨大的尤加利樹，乍看之下像是樹齡數百年的大樹。在以大教堂聞名的聖地牙哥，有幾棵直徑超過一公尺的巨大尤加利樹，如果是日本的山毛櫸，直徑這麼巨大，樹齡至少也要兩百年。

但是你可別上當，據我推測，這些樹木頂多種了一百年，因爲尤加利樹的生長速度十分迅速。

曼涅里克一世

同樣地，衣索比亞也隨處可見尤加利樹。衣索比亞的首都阿迪斯阿貝巴（新花之意）之所以能夠存在，多虧了尤加利樹。對現代非洲意義重大的阿迪斯阿貝多，建都於曼涅里克一世時，他是被迫退位並且可能遭到暗殺的海爾・塞拉西一世的前一任皇帝。

在那之前的幾世紀，衣索比亞的宮廷不斷遷移，皇帝和宮廷都選擇有良好水源、牧草，及可供建造房屋作爲燃料木材之地落腳，數年後森林被砍伐殆盡，木材用完，供給燃料的地點越來越遠，成本因而提高，只好再重新尋找新的都城。

衣索比亞在曼涅里克一世之前，完全沒有所謂的林業政策。因爲在非洲這個地方，原產的樹木生長十分緩慢，他們從來沒想過種植其他可供使用的樹木，更不要說要防止飢餓的山羊啃食小樹。

但曼涅里克一世希望尋找永久的首都，他十分嚮往歐洲和日本等當時所謂的先進文明大國，同時也深受其影響。他聘請法國的林業專家，並接受他的建議，自澳洲引進尤加利樹，品種和我在加利西亞所見到的相同。二十年後，他利用這些尤加利樹，確保了永久首都的燃料供給。

公園監視官尼可

一九六七年至一九六九年間，我在衣索比亞住了兩年，主要工作是在北方的西米安山地籌備成立國家公園，保護該地區的動、植物，讓壯觀的風景和野生生物，成爲極具魅力的觀光資源，因此著手各類建設也是我的工作之一。爲了興建工作人員和公園管理員的住處、觀光客住的旅館、馬圈、商店、醫療中心及橋梁，都需要木材，當然不能砍伐天然森林，因爲我到此地的目的，就是爲了保護它們，而且當地也沒有木材加工場。

我該怎麼做呢？我騎著馬走了五十公里路，和山區的農民們商量，買下他們種植的尤加利樹。公園監視官尼可支付了農民大筆的費用，費了一番功夫終於買到木材，而且因爲山區居民的斧頭很鈍，用我在加拿大最喜歡且最重要的斧頭砍樹，變成了我的工作，眞的很辛苦。

之後，還必須僱請身體強壯的挑夫，將砍下的樹經高山或崖邊的小路，背至公園的營地，這些挑夫的薪水和樹木一樣，金額之高都是前所未聞的。

這些木材十分昂貴，但卻難用的要命，我總是這麼不停地抱怨著。它們不僅歪七扭八，還出現龜裂，打根釘子都得費番功夫，釘子的價格也居高不下，同時還得走上四十多公里的路，將這些沉重的鐵釘運送到此地。每天工作結束時，扭曲的鐵釘堆得像座小山，我們還必須再把它們敲直（我笑稱這些鐵釘是「老傢伙的老二」）。

總之，多虧有尤加利樹，公園總算順利地成立，衣索比亞炙熱的太陽和撲鼻而來的尤加利樹香，永遠深深烙印在我心裡。我們把砍下來的樹枝、樹葉，和從樹幹上剝下的樹皮都留了下來，因爲身處山中的我們，也和古代的皇帝一樣，將這些東西視爲極爲重要的燃料。

沒有電燈的村子

在衣索比亞的許多區域，森林都被破壞得十分嚴重，目前只有在古老的科普特教會（埃及自古流傳的土著基督教會）四周，可以看到胡亂生長的衣索比亞原產樹木。開車繞行這個國家的人，一定會以爲尤加利樹是這個國家的主要原產樹木。

當地大多數的村莊都沒有電燈，黃昏時分經過這些村莊，可以看到燃燒尤加利樹的煙霧，緩緩地由泥土和樹枝建造的牆壁，及鍍鋅鐵皮屋頂間升起，女人們在微弱的火上烹煮煎餅及肉醬（辣味十足的肉醬）。衣索比亞鄉間的女人，在很小的時候，就學會以極少的木材、樹葉、樹枝或乾燥的動物糞便，來燒水煮咖啡，或以麵粉和苔麩粉混合製成煎餅。

在我曾造訪過的另一個非洲國家薩伊，也可以看到許多尤加利樹，這裡的尤加利樹是以前比利時的殖民者栽種的，十分茂密。

我們開車走遍整個薩伊，路況之差令人無奈。非洲政府無論何時，都願意以大筆金錢購買武器、士兵或執政者的奢侈品，但對接收自殖民時代的道路資產，雖不至於加以破壞，卻多半置之不理。

主要的道路兩側都有行道樹，連接至殖民時代的農園廢墟，行道樹的兩旁是茂密的尤加利樹和白楊樹，市區的道路沿線也種有大型的行道樹。我至今仍清楚記得，有一回走了兩百多公里的路，道路（如果還稱得上是道路的話）兩側茂密巨大的尤加利樹高高聳立，樹影倒映的樣子令我十分驚歎。

澳洲的問題

我也見過生長在原產地，也就是澳洲森林中的尤加利樹，也就是澳洲人所說的橡膠樹。

這篇文章是我在加利西亞家中的小陽台上寫的，手邊沒有書也沒有筆記，很遺憾，無法列舉我在澳洲看到各類壯觀的尤加利樹種類。我記得我在布里斯本北部的黃金海岸，看過壯觀的尤加利樹森林，之後又在擁有世界最長、最乾淨沙灘的大沙島芬瑟島看到尤加利樹林，當地的國家公園中，也保留這片自古以來就存在的獨特樹林，其中也有壯觀的尤加利森林。

我忘了是什麼時候，我曾經看過大約有五十隻白色的大型牡丹鸚鵡棲息在尤加利樹上，啞著嗓子高聲齊鳴。這些牡丹鸚鵡的體型，約和一般農家在庭院裡飼養的健康公雞一般。這些鳥、樹木、藍天和底下生長的茂密珍奇灌木及植物，製造出的和諧融洽氣氛，令我印象深刻。我看著鳥，作著白日夢，直到腳底感到火辣的疼痛才恍然回神。我在不知情的情況下騷擾了黑色的小螞蟻，它們因此憤怒地咬了我。

我在芬瑟島待了兩個星期，我在那裡拍電影、在碧綠的湖中游泳、賞鳥、釣魚，十分享受。當時，我才知道木材產業在這座島上也曾經興盛一時。

這樣的產業將島上巨大的處女林都砍伐殆盡，就連澳洲這塊地球上倒數第二個尚未因工業化而遭到大肆破壞的大陸（最後一個是南極大陸），森林的破壞問題也非常嚴重。這件事我是從澳洲林業專家的信中得知的，他們寫信給我，希望透過日本的媒體，呼籲日本人停止破壞澳洲的處女林。澳洲大部分的處女林，爲了滿足日本對廉價紙漿及夾板的龐大需求，正面臨濫砍的威脅。

對於此事，我的答覆是拒絕。我要怎麼做才能說服一群同意砍伐自

己國家的國家公園和水源保護區樹木的國民，去關心擁有較豐富森林資源國家的事呢？除了如何以較低的價錢取得木材外，日本對澳洲的自然資源根本毫不關心吧！

與其指望日本，澳洲應該憑藉自己的力量，來保護自己國家的森林。我從熟識的澳洲人處得知，澳洲這個國家和日本有類似的問題。林業和與林業有關的政府單位，都與地方政客勾結，將企圖保護森林的人視爲激進份子或怪人。

哥倫布的港口

在完成這份稿子之前，我到天主教女子修道院經營的托兒所，接回女兒愛麗西亞。這是一家爲還沒上幼稚園的孩子們服務的托兒所，位於附近一個叫巴永納的地方。哥倫布發現美國後返回西班牙，船隊中的第一艘船在前往葡萄牙之前，也在此入港整修。兩千年前，羅馬人就開始使用這個港口，河上的舊橋仍留有羅馬人的遺跡。目前已變成帕拉德魯國營飯店的城堡，可俯瞰港口和美國海岸廣大沙岸的入口。美國海岸是爲了紀念哥倫布的航海歷史之旅而得名，觀光客在這個季節蜂擁來到沿海地區，古老的港口停著幾艘昂貴的遊艇。

幼稚園和托兒所位於距離海岸兩公里處，我接了女兒後，又走回古老道路，彷彿已有數百年歷史的小屋和住家零星分布在道路兩旁，老太太們扛著看似中古世紀的古老農具施施然地路過，拖拉著木製貨車的母牛（不是去勢的公牛，而是母牛）或有如小馬的肥驢拉著車，高挑青綠的尤加利樹聳立在這般古老傳統的西班牙景緻中，看起來和周遭的風景十分融洽，即使他們的祖先是來自澳洲這塊太平洋上的遙遠大陸。

密切的關係

我在加利西亞看到尤加利樹時，想起了我在澳洲和非洲所看到的尤加利樹，不由得覺得兩者之間的關係相當密切。他們和我一樣，都從別的地方移植而來，也都和我一樣，因爲人們的偏見而受苦，也都體會到

在不同土壤中扎根的喜悅，它們的記憶、印象和香味，對我來說，都是無可替代的貴重物品，它們是我的兄弟，也是朋友。

我不得不蔑視那些因爲它們是外國品種，便想將它們燒毀的民族主義者。我當然舉雙手贊成一個國家應該恢復他原有的古老森林，即使是外國品種的樹木，只要加以利用，不僅可當作屋頂擋風遮陽，更有助於讓森林復活，待生長速度較緩的原產樹木長大後，可將外國種的樹木移至公園步道、作爲路樹或樹木農園（供作木材之用的林地），這樣不是很好嗎？

在人類自宇宙消失之前，我們都需要樹木，也必須利用樹木。沒錯！我們需要而且必須加以利用，那麼，爲什麼無法停止盲目地濫墾濫伐呢？

巨大、高聳、強壯、壯觀、根深蒂固的我的兄弟啊！我全心全意地愛著你們。

第七章
加利西亞

消失的巨大橡樹林。

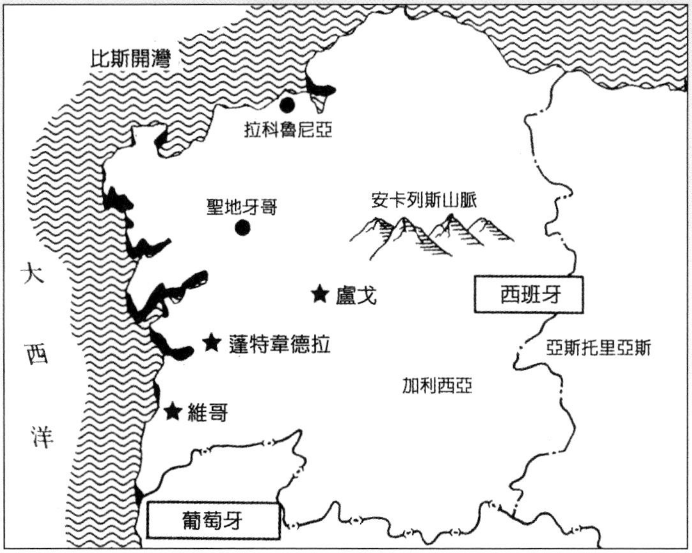

橡樹和大帆船

我們在加利西亞住的公寓就位在海岸邊，這附近最常見的樹，有自澳洲引進的尤加利樹、有為了遮蔽陽光將樹葉往上集中的梧桐樹，以及纖細的松樹。

但這些樹絕不是加利西亞自古留下來的樹木。

過去西班牙擠身世界列強之林，西班牙語之所以能夠成為世界語言，多虧大帆船轉戰世界各地，到處探險征服地球上的大片土地。沒錯！西班牙的大帆船威力十分強大。

加利西亞在大帆船活躍的歷史中，扮演著十分重要的角色。加利西亞面對大西洋波濤洶湧的海岸線，是複雜曲折的里阿斯式海岸。也就是說，對船隻而言，這裡是深且安全的港口，可供停泊和避難。

這個區域的大西洋海域平常十分平靜，像今天這樣的日子，我坐在陽台上，一邊傾聽波浪和海鷗的叫聲，一邊書寫文章，眼前的景色十分美麗安詳。在此同時，這片海洋卻也可能殘酷瘋狂得令人無法想像。今年荷蘭和日本的船員將觀光號開往荷蘭和日本時，就在這片海域上遭遇狂風暴雨，而且這艘船上還裝有引擎。你可以想像以前難以操控的帆船，在大西洋上遇上狂風暴雨時，會是什麼樣的情形。

因此，加利西亞的里阿斯式海岸，對於西班牙的海洋歷史具有非凡的意義。

這麼一來，當然需要造船的建材，其主要的材料就是橡樹，只要看羅馬式教堂或聖地牙哥的大教堂，便可以知道橡樹在西班牙的歷史中，是非常重要的建材。

對凱爾特人而言，橡樹是神聖的樹，而加利西亞也是凱爾特人的王國，橡樹和栗樹林是山豬的棲息地，也是紅鹿和麞鹿的故鄉。牠們是獵人的重要食材，也是貴族的最佳獵物。

然而，如今要想在這個地區找到大型橡樹，卻很困難，這又是爲什麼呢？

啓程

因此，麥可．馬丁和我兩個人，決定出發去尋找大型橡樹。麥可雖是英國人，西班牙語也十分流利。

如果這裡是現在的英格蘭，就簡單多了。想看大型橡樹，只要到倫敦的某個公園就行了。如果想看野生橡樹，隨便哪個鄉下都可以找得到，無論是迪恩的森林，或是羅賓漢的夏伍德森林，都可以。英格蘭也和西班牙一樣，都曾經大量砍伐橡樹建造軍艦，但多年之後，目前的英格蘭卻非常尊重橡樹，並加以嚴格保護，反觀西班牙卻非如此。

麥可和我開了五個半小時的車，進入位於加利西亞最東邊的安卡列斯山區。我們沿著幹線道路，從畢葛到龐特貝德拉，開了大約一個小時，之後在開往拉林的途中，起初只看見尤加利樹，不久便看到松樹造林，接著出現林相自然、種類眾多的森林。這裡的確是橡樹林沒錯，但卻沒有大樹，沒有像我在英格蘭看到的那種所謂「皇家橡樹」般高大茂密的樹，一棵也找不到。

高矮參差的細瘦樹木

我只帶了一本圖鑑到加利西亞，大部分的參考書都被我留在黑姬的家中。帶書搭飛機旅行所費不貲，現在我手邊的這本圖鑑和大多數的圖鑑一樣，完全不管用，在這三天的旅行中，我雖然看了三種橡樹，但不回家對照筆記和照片，我也搞不清楚它們叫什麼名字。總之，在我們看到的橡樹中，最吸引我注意的，是葉片較圓的種類。這類偏白的橡樹，由於生長在路邊，乍看之下會讓人以爲沿著葉片上有一層灰，事實上那並不是灰，而是覆蓋整個葉片的纖細白毛，明顯是爲了保護葉片，免於受到炙熱的太陽及乾燥空氣的傷害。

安卡列斯山區的陡峭斜坡上，這類葉片長有細毛的橡樹，生長範圍出人意料的廣大，就連吃苦耐勞的加利西亞農民，想把這些地方開墾成牧草地或農田，都會因爲太過陡峭而裹足不前，但這類橡樹卻可在此屹立不搖，不過這些樹都還很小，最大的，直徑也頂多八十公分，這樣的樹根本無法拿來建造大帆船。

事實上，除了少數陡峭或危險的峽谷外，大部分的森林都已被砍伐

殆盡，或遭到重複砍伐，這些事情只要看了就會明白。參差不齊、密集生長的細瘦群樹中，數量最多的就是橡樹。

雖然也有其他種類的橡樹，但數量很少，高度較高、葉片較大、較平滑，顏色是極美的綠色，這種橡樹才是製造西班牙大帆船橡樹的後代，應該和英格蘭常見的橡樹屬於同一種。但這類橡樹數量極少，葉片有毛的橡樹較為強壯，且生長速度較快。

我們走了一千一百多公里，來回群山和溪谷中，只為尋找大型橡樹，但終究還是沒有找到。

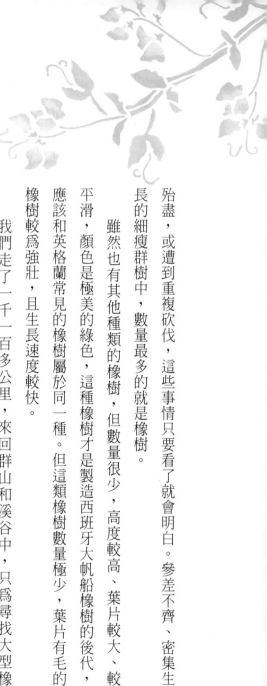

畜牧王的領地

最後為了賭一口氣，我們到處詢問當地人：「你知不知道哪裡有大橡樹？」

確實是有一棵。就在一名於巴西經營畜牧業十分成功的加利西亞人的土地上，那棵巨大橡樹枯萎地聳立在廣大的草原旁。此外，鎮上的公園裡也有許多大樹，不過直徑都不到一公尺，和英國公園裡的橡樹簡直有天壤之別。當然，我們偶爾會看到茂密的橡樹林，但那都不是古代的橡樹林，也不是凱爾特的森林、傳說的森林或是大帆船的森林。

在我們和當地人閒聊的過程中，終於眞相大白，對於樹木他們只會想到，樹木砍下之後，能獲得多少利益。

「幾年前，在那個山坡上有棵高大的橡樹，如果是現在的話，應該值一百萬披索……。」

「那棵樹的樹枝大概可以有一卡車……。」

在我們遇見的加利西亞人中，沒有人提到橡樹之美，也沒有人談到樹的年齡、粗細和高度，唯一的就是前面提到的畜牧業大亨。當他在宏偉的豪宅裡拿葡萄酒招待我們時，他這麼說：

「嗯！那眞是棵古老美麗的樹……。」

橡樹創造了西班牙的歷史、傢具、城堡和住宅，橡樹也化身成柴火溫暖人心，然而對眼前橡樹的落魄模樣，卻無人表示同情，甚至連一絲絲的努力也看不見。據說兩、三百年前，松鼠可以從加利西亞沿著樹木不落地一直跳到法國。濫砍濫伐實在太可怕，整個歐洲沒有任何一個國家的森

林，被破壞到像此地這樣嚴重了，可悲的是這個國家曾經是全歐洲森林資源最豐富的國家。現在還不算晚，我認為，要想恢復以往茂密的森林，還是有可能的。

淋成落湯雞的笨蛋

加利西亞有一項非常棒的優點，就是這裡沒有會造成土石流的大雨。當地的雨不會打擊地面捲起塵埃，使土壤流失造成地基掏空。加利西亞的雨，大多是當地人所說的「笨蛋才會淋成落湯雞」的雨，就是從家裡往外看以為「不過是小雨」，所以就不帶雨衣、雨傘出門，結果不到五分鐘，就會被淋個溼透，大概都是這種牛毛細雨。

正因為這些小雨，所以無論是多陡峭的斜坡，森林即使經過砍伐，也不會流失土壤，而且可以長成草地。樹木遭砍伐後的土地，只要沒被開墾成農田，就會長有茂盛的蕨類、金雀花、山荊豆及石楠等強韌的植物來保護土壤。這也就是為什麼在加利西亞，經常可以在各個陡峭的斜坡上，看到有兩千多年歷史的草地。因爲如果山坡太過陡峭，在上頭駕駛拖拉機可能會要了老命吧！所以必須以人工收割牧草、小麥和大麥。

但爲什麼不再重新種植橡樹呢？

爲什麼不想想三百、四百，甚至五百年後的未來呢？

這和日本人毫不在意砍伐國有森林的眾多樹木，和國家公園中僅存的最後一棵巨木的理由相同。這些愚蠢的行爲源於無知、缺乏長期計畫和貪慾。

安卡列斯的橡樹林很美，然而實在太過年輕，我不由得在心中懷念起它們過去的榮景，暗自哭泣著。

管理森林的習慣

我們在這次的旅行中找到大型的樹木，是非常壯觀的老樹，而且是枝葉茂盛的偉大森林。

那是一座栗樹林。

古老村落的四周有許多栗樹林，我量了一下其中一棵的樹幹，發現直徑竟長達十二公尺。直徑在兩公尺以上的也不少，最多的大多是直徑一公尺左右的樹木。

從山頂上往下看，村莊及市鎮四周盡是枝葉茂密的古栗樹，樹林四周是美麗的草地。這些古樹雖然壯觀，但我仔細一看，才驚訝地發現，樹的高度僅有二至三公尺，但樹幹之粗實在壯觀。

之所以會有這樣的結果，源於歐洲自古以來流傳下來的森林管理習慣。在歐洲，如果砍伐會結出甜美果實的樹木是非常愚蠢的事（在日本卻像理所當然似地不斷發生，那不是同樣很愚蠢嗎？），然而，因爲實在需要木材，而身邊的栗樹無論是用來當作柴火或製作木桶、架子和屋樑都十分適合，所以當然要加以砍伐。但爲了讓嫩枝再度長出來，砍伐時會保留部分樹幹，如果砍伐的部分太接近地面，樹木就會枯萎，因此砍樹時需稍微往上一些，這麼一來，就會形成一片很有用的萌芽林，新生的嫩枝又會長成樹枝，等高度長得差不多的時候再砍下，這就叫作修枝，大概也叫「寸切」吧！日本製作煤炭的工人也經常這麼做。

鹿最喜歡的食物

歐洲的森林裡經常有鹿，因此必須考量牠們的問題。加利西亞因未實施狩獵動物管理，所以最近幾年紅鹿已經絕跡，較爲常見的是小型的麆鹿。這些壯觀的栗樹上半部剛被砍伐時，四周會出現大批的鹿群，因爲樹木的嫩枝是牠們最喜歡的食物。

所以砍樹時，必須讓樹的高度維持在鹿群搆不到的地方，之後只要將生氣蓬勃的新生嫩枝加以修剪，栗樹便可枝葉茂密長成結實的樹冠，年輕充滿生氣的樹枝，應該會比以前結出更多的果實吧！無論是樹幹老化，甚至形成樹洞，因爲樹枝接近地面所以不會被風吹倒，這樣的樹木還可以活上好幾年，等到樹枝長得夠粗，能夠充作木材時，如同我前面所說的，會再次進行砍伐，直徑大約是二十五公分吧！之後栗樹又會長出嫩枝，如此建構完成的森林，樹與樹之間的間隔很寬，也可在樹蔭部分放牧，再完美不過了。不僅可取得大量的果實，同時也不愁沒有柴火及建材了。

在如此古老的栗樹林中散步，是一件非常舒服的事。樹群的樹幹挺立盡是樹結，頭上是一片翠綠的樹葉遮蔭，在夏季炙熱的太陽下走入這樣

的樹林，讓人有洗滌心靈的感覺。

有一回我在這樣的樹林空地中散步時，發現一條河，河水清澈見底，甚至可見鱒魚懶洋洋地悠游其中，我掬取河水飲用，河水冰涼且甘甜順口。我發現水潭並跳入其中，潭水冰涼沁心，河邊有一塊看似草坪的草地，上頭有著枝葉翠綠茂密的屋頂，看似帶刺祖母綠般的小橡實，閃耀生動新鮮的光芒，應許一個豐收的秋天。

我打算讓我在黑姬購買的森林保持自然原貌，只在住家四周種植可供定期砍伐的茂密樹林。因爲當地會下雪，如果不想辦法讓砍伐的樹幹高出積雪，可能會被野兔啃食，在黑姬倒不需煩惱鹿的問題。如果打算將八英畝的土地圍起籬笆養鹿的話，那就另當別論了，可供定期砍伐的茂密樹林，不僅可滿足人類的慾望，也可長期維持樹木的健康，讓樹木生生不息，是非常好的做法。

悲傷和喜悅

爲了尋找橡樹，我在加利西亞的山上同時感受了悲傷和喜悅二種心情。廣大的橡樹林消失，和歷史同樣成爲過去，但還有許多新生的橡樹林存在著，在陡峭的山谷間尤其多，只要稍加保護，下一個世紀應該可以再次體會橡樹的神祕力量。

另一方面，因爲人類企圖利用栗樹，栗樹因此而得以保存，雖然林相已改變，但美麗依舊，且確實獲得了保存，矗立在山谷間的村落裡。眺望四周盡是樹木和草地，讓人格外高興。

讓人感到喜悅的，還有泉水和河流，我希望時光機眞的存在，這樣我就可以回到過去，親眼看看古代森林的樣貌。

但我也知道這個世界上並沒有時光機，所以我們應該做的，是想像未來森林的樣子，爲此而準備，不是嗎？

第八章

屋久島

樹齡七千二百年，比金字塔還古老的杉樹。

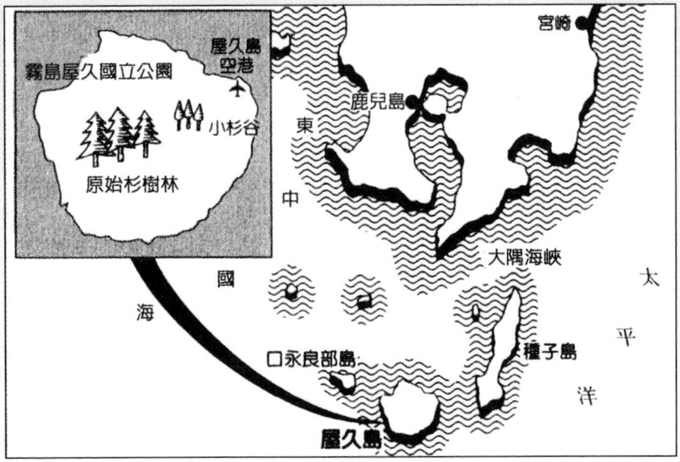

世界上最古老的樹木

去年九月中，我從避暑的加利西亞返國，在日本待了一星期，為的是參加愛奴和沖繩人舉辦的研討會。後來和劇作家朋友倉本聰一同拍攝廣告，拍攝的地點在屋久島的巨大杉樹林中。

兩年前我曾去屋久島停留了十天，期間多在山上和森林裡閒晃的我，第一次看到這些神奇的巨大樹木。根據調查，這些樹木是世界上最古老的樹，有學者表示，目前被認定最古老的屋久杉是繩文杉，樹齡約有七千兩百年，比亞伯拉罕、金字塔和所羅門神殿都還古老，這些樹歷經比中國、日本或其他任何國家的歷史都還久遠的歲月。

我在雨中背著背包，走路去看這些樹，半路上我們順道造訪「威爾森殘株」。這也是和屋久杉一樣古老的巨大樹木，但在江戶時代遭到砍伐，如今只剩下樹墩。目前樹墩呈現中空，可由自然形成的入口進入其中，死亡已久的樹墩內側在高聳樹壁的圍繞下，有著美麗清澈的泉水，泉水流經閃閃發亮的金沙和雲母碎片，旁邊還蓋有小型神社加以膜拜，樹墩中央約可容納兩百名中學生（聽說以前曾有人試過）。我們繼續往前來到繩文杉處，由於位於海拔一千兩百九十公尺的高處，所以儘管屋久島位於南方，此杉生長的區域，在冬天仍會出現積雪。

活神

當晚我們住在山間小屋，次日清晨又在雨中出發，那是形同無路可走的陡峭危險山坡，我們打算一直走到森林深處的另一棵大型杉樹矗立的地方。這棵樹是當地的登山客在偶然間發現的。

這棵樹在森林幽暗神祕的光線中，突然出現在我們面前，疲憊的我們來不及卸下背包便倒臥在一旁的地上仰望大樹。此樹巨大、高聳、筆直、威風凜凜，和繩文杉一樣，已不是樹而是尊活生生的神。

樹的四周盤根錯節，每條樹根都和樹一樣巨大，我們在距離樹根三公尺高的地方測量樹幹的圓周，竟長達八點九公尺，雖然不如繩文杉，但樹齡應該也有數千年。

沒人知道屋久島的杉樹爲何如此巨大，它和生長在日本其他區域的杉樹種類相同，卻只有屋久島的杉樹能夠如此長壽。巨大的杉樹在很久以前，幾乎都接受過颱風的洗禮，因此樹梢部分斷裂，只有下半節十分粗壯。沒錯！就好像西班牙加利西亞被修剪過的栗樹。

我在永井三郎帶我去的資料館中，看到兩種杉材的斷面，兩者直徑相同，一個秋田的杉樹，另一個是屋久島的杉樹。秋田杉的年輪爲一百六十三圈，而屋久杉的竟然有五百二十六圈，也難怪屋久杉如此結實、強韌、沉重，因爲重量太重，甚至還會沉入水中。它的年輪細緻密集，無論埋在森林裡潮濕的泥土中多少年，都不會腐爛，現在有許多商人將以前的大樹樹墩挖出來，以高價賣出，用來製造美麗的餐桌、傢具或雕刻品。

國有林制度與巨大杉樹

江戶時代這個區域屬於島津藩，隨著明治維新由明治政府接收，除了島嶼沿岸狹窄的旱田，和私有的山林之外，一切都歸政府所有。島上的居民爲了反對全面性接收，打了十三年的官司，當然還是打不贏政府。

大正十三年在此地設營林署，開始實施國有林制度，屋久島巨大杉樹的生長區域，就這樣全被納入營林署管轄的國有林區。

在昭和二十六年之前，日本政府對於保護森林確實費心尋找對策，但在那之後卻開始瘋狂砍樹。以前的手鋸和斧頭被現在的電鋸所取代，毫不留情地加以破壞，這些貪婪的人不知輕重，不知何時應該罷手，五十年後森林被砍伐殆盡，而這一切全是政府所爲。原本應該培育、保護森林的日本政府卻和企業聯手，做出如此愚蠢的行爲，而且這些企業的收益大多流出島外，屋久島百分之六十的巨大杉樹就這樣消失！百分之六十啊！要想恢復原貌必須等上幾千年！

在這幾千年的歲月中，它們歷經地球的各種氣候變化，才得以形成這樣的森林，它們大概不會再出現在人類的歷史中了吧！

當然也有進行造林的區域，然而絕對無法讓那麼壯觀的巨木死而復生，絕對沒有辦法！

欺騙

森林被破壞的痕跡，只要前去小杉谷便可一目瞭然（營林署竟然將樹齡一千年以下的杉樹稱爲「小杉」，這不正是擅長玩弄文字遊戲的他們會做的事嗎？整個亞洲再也沒有像日文這般正確的語言了……）。

當時有五百人在此地生活，全都從事林務工作，甚至還設有學校。由於砍伐的方式是全面性的，因此造成極大的破壞，地層滑動也是司空見慣的事。這件事你可以詢問經營酒館和炭烤的「八重姐」，她最清楚了，因爲之前全面砍伐森林而造成的地層滑動，讓她一夜之間失去了雙親。

土壤流失造成泥沙淤積，破壞飛魚在島四周的產卵地點。這附近的海域曾經因爲魚卵之多而變白，我在屋久島期間，曾搭乘飛魚船出海，一天的漁獲卻只有六十隻，如果是在二十年前，應該可以捕獲上噸的飛魚。

由於營林署和林野廳的預算爲獨立審核，因此力量十分強大，與他們合作的企業收益也頗爲可觀，但從整體來看，這座島卻未因此而受益，這樣的情形不只在此地，只要是森林遭到破壞的地方都一樣。他們在這座古代森林茂密的島嶼上貪婪地破壞了五十年，卻沒有在島上留下任何一座調查站。

在那一段漫長的山路上，我親眼看到一般徒步旅行者看不見的地方，仍在繼續砍伐古代森林。一路上，我們必須一直穿越林木遭到砍伐的陡峭斜坡，那些是一般人絕對不會想去砍樹的陡峭山崖。但這對那些利益薰心的人來說，根本不算什麼，斜坡上散落著岩石的碎片，我們行走其間必須小心避開，也不知何時會遇上落石，實在讓人害怕極了。多麼愚蠢的行為啊！這簡直就是瘋了！而且那些人還在不斷地做著同樣的事！關於這件事，有個在屋久島出生，同時也是學富五車的自然主義者，說了一句非常經典的話。

他說這些人是「睜眼說瞎話！」沒錯！這句話不也可以用來形容知床的情形嗎？還有秋田或黑姬……。

悲傷

以前在砍伐巨木時，必須唱歌舉行儀式，在樹幹上插入交讓木的幼樹，眾人祈求樹木的靈魂獲得安息。

隨著電鋸及大量生產時代的到來，這一切都被遺忘了。如今古老森林只有極少部分殘存，現在只要是獲得保留且人類得以輕易進入的古代森林，都被大肆宣傳，但獲得保護的只有極小部份。只要往深山裡走，任誰都可以看得出來。

目前當地正在興建纜車直達繩文杉的生長區域，讓所有人都能夠到此一遊。所有人都能夠到此一遊？要是所有人都能去的話，那個地方就會遭到蹂躪，到處都是煙蒂和垃圾，興建纜車是爲了讓冷血的觀光客，作出那些令人不屑一提的無恥行爲嗎？那棵樹之所以能夠活這麼久，不就是因爲不受打擾地在當地安靜生長，所以才有今天的嗎？我們應該要讓它保持現狀，讓眞正的朝聖者去拜訪它就行了。

請原諒我！我不得不生氣，我無法不想起許多島民朋友的憤怒，我怎能不去感受群樹們所傳達出的深刻、柔和、如低吟般的悲傷呢？

拍攝廣告時不需四處走動，在拍攝小組準備器材和燈光不斷拍攝的時候，我們必須站在那裡好幾個小時，我因此有機會仔細欣賞這些巨大的古老杉樹。

每一棵樹形成一個群落，每棵樹的樹幹上也長滿各種青苔、羊齒和地衣，還有極小的東西沾滿水珠閃閃發光，我還發現以前從未看過的昆蟲和蜘蛛。有如「昆欄樹」的樹木，彷彿長久以來的情人般纏繞著杉樹，眾多的灌木和植物或從樹幹長出，或纏繞著杉樹而生。由於有許多長在極高處，令人分不清哪棵是哪棵，我非常懷疑到目前爲止，有沒有人仔細調查過這樣的群落。只要花上一年的時間，仔細調查一棵這樣的大樹，應該可以寫出好幾本博士論文。

奇蹟

還有那些無數的小河，美麗、冷冽、充滿涼爽的氣泡且清涼。此地樹木種類之多，我根本記不清，樹皮光滑成橘紅色的樹木，乍看之下會以爲是百日紅，但其實是日本紫茶，還有堪稱神木的楊桐、槭樹、山茶花，那裡眞的有許多的樹木。

然而，棲息在這座島上的野生哺乳動物卻只有六種，都是極小型的鹿、蝙蝠、老鼠、鼬鼠、鼴鼠和猴子，屋久島的猴子們可是非常神氣活現的一群呢。

從屋久島可以看見的永良部島，島上有水果蝙蝠和大型鹿，爲什麼呢？是因爲火山活動嗎？屋久島上每個地方的土壤中，都可看見厚達兩公尺的火山灰。即使如此，至少在六千年前人類就居住在這座島上，人類當然是搭船來到此島，他們搭船逃離後又返回島上。而這些壯觀的古代樹木能夠殘留下來，確實是奇蹟也是事實，這些樹確實活了下來……，只要電鋸的魔掌不要朝它們伸過來。

全世界的財產

世界上以巨大杉樹聞名的地區還有一處，這些樹將不滅的生命注入舊約聖經、所羅門的情歌及巴比倫的編年史中，得以傳頌至今。沒錯！那就是黎巴嫩的杉樹。

但這些杉樹已經絕跡，以這些樹木興建的奢華、巨大建築、宮殿和寺院也已經消失。

如今殘存在地球上的巨大杉樹只剩下屋久島，這些樹木是全世界的財產，絕不是日本營林署的財產。

但這又如何呢？環境廳竟然在整座島上只安排了一名管理員，這名年輕的女性管理員雖然熱心能幹，但只有她一個人又能做些什麼呢？就算是比日本還窮的國家，至少都會配置二十名的管理員。

當地土壤侵蝕的情形十分嚴重，樹木仍持續遭到全面性的砍伐（倉本先生和我在最大的山路入口看到凌亂的垃圾，這些大部分應該都是山上的山莊管理員拿下來丟的吧！要是我，一定把那傢伙送進牢裡關上一個月，然後再罰他打掃公共環境六個月！這個骯髒的混蛋！）

拜託啊！日本！醒醒吧！你能不能了解過去，對未來懷抱希望呢？

讓屋久島和那些神聖的樹木，成爲即將到來的新時代中的寶石吧！

第九章
亞方谷和黑姬

來吃野生葡萄的熊。

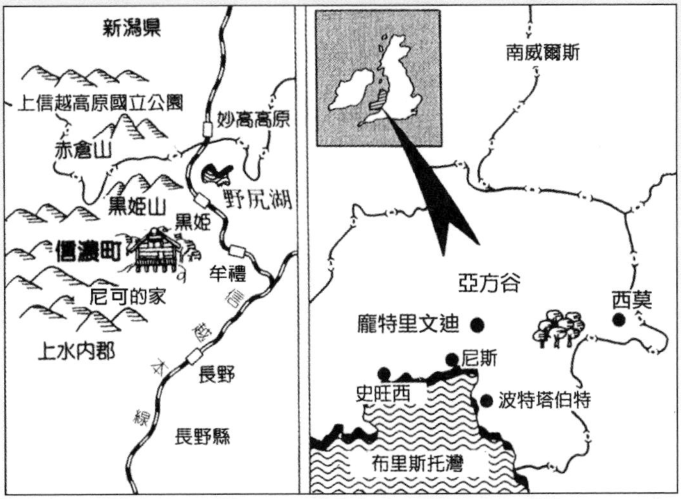

即將出發的前一晚

現在是晚上十點，我打破自己晚上六點以後就不再工作的規矩，正在寫作這篇文章。我再不寫就糟了，編輯會因為開天窗而得胃潰瘍吧！我從西班牙返回日本，到今天正好一個月，這期間我簡直像隻斷頭雞似地到處亂跑（我頂清楚被輾過腦袋的雞是怎麼回事？因為我今天砍了三十隻雞的腦袋。）

雖然有許多作家習慣在半夜寫作，不過這些作家寫的內容容易傾向「夜晚的語言」。夜晚的語言？是什麼意思呢？這個嘛……雖然不容易說明，不過我認為人只要習慣夜生活，人格也會跟著改變，人格一旦改變，人格表現出來的東西不也是會跟著改變嗎？我在白天寫作，晚上是我的休閒時間，和朋友聊天、洗三溫暖、喝酒、看電視，想盡辦法壓抑我那不自覺開始憂鬱和妄想的驚人凱爾特個性。白天的我大多是現實的、積極的，就連冷酷的常識，都帶著盎格魯撒克遜人的氣質。

但今晚我必須寫作，因為明天我又要返回威爾斯。對！我要到亞方谷去，這回是和電視台的拍攝小組一同前往。

新注入的生命

我在前面曾經介紹過亞方谷，我想再稍作說明。

亞方谷位於南威爾斯的山谷間，如果以自然主義者的口吻來說，它也是因爲產業的掠奪而導致荒廢的區域之一。起初是因爲煉鐵，其次則是煤礦礦山，這兩種產業是英國工業革命的骨幹，供給大英帝國征服世界廣大區域時所需的主要資源。

大英帝國和以往的帝國一樣，企圖前進所有帝國該去的地方（去地獄？去歷史中？去被遺忘的地方？去鄉愁？或者去變態的世界……隨你高興選哪個都行）。

後來，南威爾斯的煤礦產業遭遇嚴重的不景氣，亞方谷中原本興盛的礦山逐一關閉，只剩下生物學及社會學的荒廢景象。

即使如此，除了威爾斯人外，蘇格蘭人、愛爾蘭人和其他凱爾特民族，實在不知該說是難纏還是不死心。對這些人來說，就這樣失去或放棄他們對威爾斯的歌、威爾斯的語言及過去自然美好的記憶，是非常嚴重的事情。

最近三十年來，我自童年時就認識的醜陋亞方谷，再度變身成爲美麗的綠色山谷。他們首先動手處理數量驚人的煤屑山，以及以礦渣爲底座蜿蜒其上的鐵軌，這條鐵路原本是用來運送煤炭的。

他們將煤屑山和鐵軌整理乾淨，造型後再以石壁（不是水泥）補強，之後再灑上雞糞堆肥、水和混合的草籽，大型卡車接二連三不斷地卸貨。光禿禿的山坡上再度被種上樹木，其中最多的是日本落葉松。由於天然林只剩下極少部分，因而受到嚴密保護。坡度較陡、砍伐難度較高的小峽谷、礦山主人的豪宅或古老墓地等特殊地點中殘留的極少樹木，無論是橡樹、榛樹、櫟樹、山毛櫸、山楂等，看起來都像是獲得新生一般。

高度注意生物學控制的結果，河川再度恢復清澈，鱒魚和鮭魚也重新出現，原本只有極少數幾隻從公園裡逃出的黃鹿，目前數量也逐漸增加，據說亞方谷中大約有一千隻。

威爾斯人

對生物學家而言，受創最嚴重的區域，是沿著陡峭溪谷十公里長的鐵道沿線，那附近全是堆積如山的礦渣，但現在也被綠意覆蓋。威爾斯政府決定將其中六公里的部分，規劃爲紀念數百萬不得已離鄉背井的威爾斯人的特別公園（正好和和歌山人必須移民的理由一樣）。

他們決定針對近一百二十年間由此地移民海外的威爾斯人的姓名及移民國，加以分類，種植由知名人士所代表的移民國家樹木，包括美國、加拿大、紐西蘭、澳洲、巴塔哥尼亞、智利、阿根廷等，最後是日本。不！正確來說，應該是黑姬。

這個消息讓我十分意外。當我收到威爾斯當局的來信，認同我爲了拯救日本的森林所付出的努力，決定規劃大約六百公尺的區域種植日本的樹木時，正在吃早餐的我，坐在餐桌邊拚命地忍住淚水。

從亞方谷入口步行十分鐘，就是波特塔伯特工業中心。這裡有許多日本的大型企業，對威爾斯的經濟貢獻良多，我希望他們在亞方谷種出山櫻花、辛夷、楓樹及其他日本樹木之前，可以一直待在當地，如果可以這

樣的話，那該有多好？不久前，我剛剛造訪過威爾斯請求協助，日本的林野廳也十分歡喜地答應提供技術支援。

原本光禿一片的醜陋山谷，將變身成爲有森林、清澈流水、野生生物、花朵和清靜空氣的美麗公園，也許有人還不知道這件事有多麼重要？在聽到眾多都市人前來尋求新鮮空氣，和運動的公園一角，種植日本樹木時，也許有人毫不感動，甚至還心生嘲諷吧！我知道一定會有這種人，因爲心靈醜陋的人，體內會散發出一股特別的味道。

然而，威爾斯人是因爲熱愛自然和歷史，依照自己的意志這麼做，在威爾斯人這樣的少數民族移居的眾多國家中，黑姬和日本之所以能夠獲選，並不是因爲我動了什麼手腳。

一線希望

然而，爲什麼我才剛剛回到日本又要馬上出國呢？爲什麼這麼晚我還得趕稿？

這是因爲日本的媒體終於發現自然的森林，逐漸從地球上消失，使人類的生存受到威脅。這麼一來，我不就非出國不可了嗎？同時，我本來就不是個只會抗議的人，我也是個行動派，而且如果威爾斯荒廢的礦山村，能夠重新變成森林公園的話，我想也許可以在那裡找到一線希望。如果能夠在那裡種植日本的樹木，獲得喜愛和憐惜的話，對於住在這個山與森林的國家，明白事理、心無偏見的人們來說，應該是個好消息吧！

而且在光禿的亞方山谷中，扮演找回樹木、樹蔭和藏身處所這麼重要角色的，不正是生命力強的日本落葉松嗎？

沒錯！威爾斯的斑鶇和林鶯，也會喜歡和歐洲花楸果實一般大小的日本樹果實吧！

一想到這裡，我的心中就充滿歡喜。

當然，從身爲威爾斯人的我，選擇日本這個美麗國家作爲故鄉一事當中，不難得知亞方的故事裡有光彩，當然也有陰影。老實說，在製鐵業者及礦山主人進駐亞方谷之前，它是個美麗的森林，有鮭魚和鱒魚悠游的清澈溪流，同時也是鹿群的樂園。

祖先的樹木

目前日本正在發生什麼事？

我第一次前往新瀉和長野的山區，是在二十六年前，我在黑姬住了八年之後，我發現全世界除了我參與國家公園建設的衣索比亞以外，從來沒看過比這個更瘋狂破壞天然森林的國家了，同時也沒看過要比日本人對森林的意義更無知的國民。這究竟是怎麼一回事？

我當然知道世界的熱帶雨林正在遭受大規模的破壞，我親眼看到薩伊破壞雨林，但當我看著曾經讓我感覺無限輕鬆、喜悅、美麗的日本山毛櫸林，逐年遭到砍伐消失時，我的心便沉入絕望的谷底。

昨天黑姬當地喜愛森林的朋友小林先生（這名字眞是太適合他了，日本明明有這麼多適合喜愛森林的人的姓名），和我帶著電視台的拍攝小組，前往這個地區僅存的古老天然林，那是位於黑姬和妙高之間的神道山（這座山的對面就是著名的鍋倉山，兩座山十分相似）。我第一次進入這座山時，看見許多樹齡四百年或更古老的巨木，有山毛櫸、水楢、日本七葉樹，眞的都是非常美麗的大樹。當時我還在這裡看到前所未見、巨大美麗的日本七葉樹。

如今那棵樹已經不見，前年被無情地砍倒了。每年以電鋸砍伐森林，以推土機開挖林道，價值無法估計的日本森林就這樣不斷地消失，再也無法恢復原有的面貌。在鎮上的學校接受教育、被洗腦的人們一定會反駁說：「不是種了許多樹嗎？」我告訴你們，對這座森林的調查就不用說了，你們知道森林裡還住著多少尚未確定分類的昆蟲、蕈類、植物、地衣、苔類和其他無數的生物嗎？這個充滿自然界驚奇的國家，現在打算將這些寶物都換成金錢和一些沒有用的東西。

沒錯！是還有樹！但這些不是我們祖先留下來的古老壯觀的樹木，也不是充滿驚奇和神秘的森林！

回到正題吧！我們開車在顛簸不平的神道山中走了三十分鐘，之後還得坐上二十分鐘的動力雪橇。即使是在這種普通人不會去的深山裡，破壞的痕跡還是清楚可見，這些痕跡就是那些日本人破壞美麗大自然的証明。

深刻的絕望

不只是黑姬，從知床到沖繩，日本所有的地方都是這樣。絕望朝我襲來，難道大家眞的可以無視於這種事的發生嗎？你們還不明白嗎？比方說，你們知道民間流傳的貴重藥草祕方正在快速地消失嗎？你們知道表面上說是爲了預防山崩（通常那都已經太遲了）而在河川中興建水庫的建設公司，能夠獲得多少利益？他們興建水庫將魚兒趕出河流，但會山崩其實是因爲砍樹，巨大森林中的大樹曾是狗、熊、獵人的棲身之處，也是森林之神的水源。你們眞的了解破壞創造日本文化的森林，才是導致所有災難發生的主因嗎？

我對大多數人，尤其是年輕人，有眼睛卻視而不見的情形感到絕望。看見種滿落葉松和杉樹的造林就以爲那是森林的你們，眼睛究竟長在什麼地方？你們因爲大人的慾望和無知，而被迫拚命用功，緊咬即將崩潰的制度不放，我感到絕望。受惠於森林、清澈河水、豐富資源的漫長複雜海岸線，以及對和平，尤其是相互融合的大愛，是日本文化的精華所在。破壞這樣的日本文化，你們的精神能量來源，怎麼可能不崩潰呢？

令人欣喜的訪客

沒錯！我非常絕望。但爲這樣的我帶來希望的是，亞方谷。

今天爲了過冬，我殺了三十隻雞，儲藏好雞肉後，我和小林先生一起到我的新森林散步，這是我和妻子滿理子一起買的森林，我們將這座森林取名爲「亞方」。

這裡生長著許多都市人想像不到的樹木，但在大正至昭和初期曾經遭到大肆砍伐，後來便閒置並未造林，新生的樹木十分茂盛。要進入像這樣被閒置的森林非常辛苦，今年我開始將生病的樹木進行疏伐，並清除老舊的腐木和垃圾，我打算把這裡規劃成公園，不只是爲了人類，也是爲了樹木、植物和生物而生的公園。

這座森林裡經常有許多唯利是圖的專業採菇人進出，此外，當地親切、有禮、且有頭有臉的人物和專家也經常到訪，但今天在散步時，小林先生突然停下腳步，指給我看的卻是有別於這些人到訪的痕跡。牠應該是昨天來的，是來吃野生葡萄，令人非常歡迎的訪客。

那就是熊。

這隻不知道是公熊還是母熊，在我開始著手整理的這片森林中漫步吃東西，還留下帶紫色及黃色斑點的一大坨糞便給我作禮物。

牠是想給我建議嗎？還是在稱讚我呢？或者只是在喘口氣？

第十章
薩伊

匹克米族和東北獵人成爲森林居民儀式的共通處。

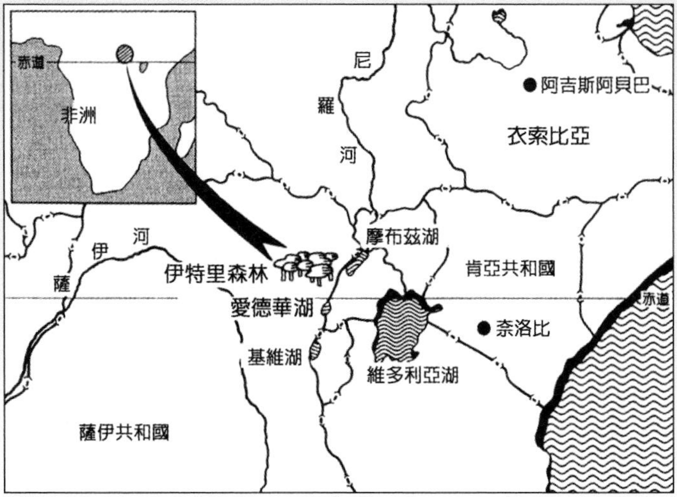

東北獵人和匹克米族

前幾天晚上一起喝酒的朋友，向我提起他剛剛看完的一部紀錄片。片中的主角是東北地區傳統的獵熊人，內容主要描寫他們對森林和生活其中的動物深刻的愛。據說古老的東北獵人在進入森林之前，爲了消除村子的味道，會燃燒一種特殊的木材，然後以煙燻身體，因爲如果帶著村子的味道進入森林，對山神是十分不敬的。

我聽到這件事非常興奮，因爲這個故事讓我想起在薩伊的經歷。那是我在伊特里的熱帶雨林中，和同爲森林獵人的俾格米族共同生活時的事。

我們去拍攝他們追捕獵物的情形，帶頭的長老說，在狩獵前必須先舉行特殊的儀式，那是個非常簡單的儀式，因爲實在太簡單了，所以讓人覺得大失所望。攝影師、導演和製作人完全不覺得這樣的儀式有什麼重要性，因此連拍都不想拍，但只有我對這個儀式深感興趣。

儀式

我們從俾格米族的村落出發去打獵，說是村落，但其實只是幾間聚集在森林中的小屋而已，這些小屋只是用小樹彎成半圓形，再蓋上大片綠葉作爲屋頂就完成了，男人、少年、女人、小孩和老人，所有的村民排成一列，一邊唱歌一邊前進，至今我還記得其中一首，旋律簡單卻十分輕快。

據導遊說，俾格米族人藉著唱歌向森林中其他人表示，自己沒有敵意。「否則你不知道什麼時候會有毒箭飛過來。」導遊說道。

穿過森林後，他們在某處停下來，連我都能清楚地看出這個地方從來沒有人砍過樹。同樣是森林，當地的氣氛卻不太一樣，好像是宮澤賢治說的「森林入口」那樣的地方。

一到該處，女人們就開始割取看似竹葉的草，帶頭的長老生起小型的篝火，獵人則圍繞在篝火四周。在好奇心的驅使下，我也加入其中。他們一邊低吟祈禱，一邊慢騰騰地將成束的樹枝和香草放在篝火上，篝火升起猛烈刺鼻的清煙，清煙在四周有如巨柱般聳立的雨林大樹間瀰漫著，使森林看來充滿如魅影般的神祕。圍繞在篝火四周的人們也被煙霧包圍，篝

火一熄滅，長老便取些許柴灰放在手掌中，吐口口水將它作成黑灰色糊狀物，之後再將糊狀物抹在圍在火邊的每個人額頭上，我和攝影師麥克·史丹力也伸出頭去讓他抹上灰泥。

「我們都有森林的味道了。」

長老說罷，便伸手指向煙霧飄動的方向。

「森林說可以往那個方向去打獵。」

煙的味道

我雖然看不見，但應該是暗號吧！俾格米族的男人瞬間消失得無影無蹤，就算是忍者，動作也無法這麼迅速吧！真的是一眨眼的功夫，連一點聲音也沒有。剛才還端坐在篝火前的男人，轉瞬間就消失不見了，正如字面上所說，他們無聲無息地奔跑四散，隱藏之後便等待著獵物上門。我們跟著女人、小孩和老人大聲吼叫，女人們拿著方才的草束敲打地面驅趕獵物，將牠們趕至手持長矛和弓箭默不作聲躲在一旁的獵人藏身處，將牠們趕到塗抹森林味道來掩飾身分，並摒氣凝神等待的男人處。

這個儀式有幾個意義。

首先，透過儀式，可了解空氣往森林的哪個方向流動，在雜草叢生、巨木如圓蓋高聳的地方，要想得知空氣流動的方向是十分困難的，而且煙味還具有麻痺獵物嗅覺的效果，雖不至於使牠們陷入驚慌，但也可稍微讓牠混淆嗅覺。

同時，煙味還有助於模糊人類的體味。不過，我想最重要的，是這樣的儀式能夠讓獵人們對森林、森林中的生物，以及整個生態心生敬畏，在正式狩獵前懷抱正確的心態，照我的說法，就是呈現α波的狀態。

這和遙遠東北地區的老獵人們所做的事，十分相似。

焚香

衣索比亞以畜牧及農業爲主，並非以狩獵維生（在極少部分的地區有狩獵民族）。我在當地住了兩年，當時在比較富裕的衣索比亞人家中，

或是鄉間的酒館，經常在火盆中焚燒煤炭燻香。只要有重要客人來訪，他們就會在炭火上添加特殊樹木的樹脂和另一種樹木的樹皮，芬芳的香味沒多久就會瀰漫四周。

如各位所知，許多宗教都使用薰香，以前武士在出征前夕，也會在自己的盔甲和頭髮上薰香。新年期間前去寺廟，也會看到許多人圍繞在香爐四周，爲了祈求好兆頭，將煙霧往自己身上攬。天主教會也會焚燒薰香，薰香在葬禮中也是不可或缺的東西。

小時候我曾問大人爲什麼要用薰香，我記得，當時大人回答說是爲了讓祈禱和香味一起飄上天國。使用香味濃郁的煙，和人類的起源同樣古老，我認爲一定和人類使用火的時間相同，而在狩獵前的儀式中使用焚香的時間一定更早，當然，這樣的儀式是用來表現初期人類對大自然的信仰，向森林祈求賜予食物、毛皮、肌腱和脂肪。對！其實就是賜予生命。

森林的意義

將香味濃郁的煙攬在身上，可消除獵人的體味，避免觸怒或威脅森林，同時，儀式本身也能讓獵人了解森林的意義。古代眞正的獵人認爲，森林絕不只是供動物藏身的樹木聚集之處。棲息其中的所有事物，皆是互有關聯的綜合體，世界上主要的宗教也大多論及此事。

不久，古代的人類知道煙可驅散黑蠅和驅蟲，也懂得以煙來消除動物的屍臭，以避免聞風而至的危險野獸攻擊，在那之前，他們將肉吊掛在距離住處較遠處，帳棚或洞穴中，都極爲方便。

然後，人類又發現煙燻食物要比生食更能夠長久保存，而且還知道不同的樹木會產生不同的煙和香味。

以煙燻食物是地球上所有獵人的習慣。在愛奴人的生活中也可看到這樣的情形，而在東北和長野等地，也會將魚吊掛在炕爐上，居住在北方的印地安人和蘇格蘭人，還有其他許多地方，也都有這樣的習慣。當然在樹木較少的地區，這樣的習慣較不常見，但所謂樹木較少的地區，大多不是極熱便是極寒的荒野，食物不是乾燥便是被冷凍，或兩者皆有，都有良好的保存方法。

走筆至此，我突然想起好友，也就是我的舊東家約翰．布勞。他在肯亞從事搜索馬烏馬烏族恐怖份子的活動兩年，和他一起行動的是經過挑選的非洲隊員，其中大部分是馬賽族人。他們在森林和山區守了兩年，和馬烏馬烏族過著一樣的生活，一邊尋找他們的蹤跡，再加以擊殺。他們在身上裹著動物的皮毛，絕不使用肥皀，只以清水清洗身體，也不抽菸，完全避免沾染森林以外的味道。在森林裡躲了幾個月的他們，押著馬烏馬烏族的犯人離開時，約翰．布勞說，文明人和他們散發出又酸又甜味道的住處，讓人無法忍受，簡直想吐，事實上，有幾名恐怖份子確實也吐了。

不過，對警察和官員而言，看見這些住在森林裡的人，無論是獵人或獵物，也的確散發著奇怪的味道吧！

味道的感覺

由於諸多理由，我現在已不在日本打獵，但以前當我帶著槍和獵狗外出打獵時，總穿著同一件舊衣。只要一聞到舊毛衣上令人懷念的木頭煙味，心情就會很平靜，而且如果第一天晚上在提皮（圓錐形的印地安式帳篷）中的爐炕裡起火的話，更是可以豐收。

原綠貝雷帽部隊隊員，同時也是野外求生專家，我的朋友拓植久慶，在很多報章雜誌都曾經書寫和談過，在叢林中打仗時，人類的嗅覺會特別敏銳。經歷過森林的考驗和生活的敵人，立刻可以聞出肥皀、洗髮精、刮鬍水、乳霜等東西的味道。當然你如果抽起和森林完全無關的植物菸草的話，更形同要敵人從你背後開槍。

不過，我們現在先將打獵或戰爭的事放在一邊，來想想在森林中散步的美好吧！無論是在哪個國家，或什麼樣的季節，漫步森林所感受到的美，實在讓人無法言喻。無論是什麼樣的森林，都有它們特殊的香味，那都是森林中植物所散發的香味，白天除了氧氣，還散發出更微妙的氣體和香氣，這是森林中的植物互相影響所形成的味道。沒錯！眞的是這樣！就連我的森林，現在也洋溢著落葉和下雪前那股特別的味道。

我眞想看那個節目。希望有一天我能夠見到這些優秀的老「獵人」，可以和他們好好聊聊天。

第十一章
太地

鯨魚讓我開始思考自然界的平衡問題。

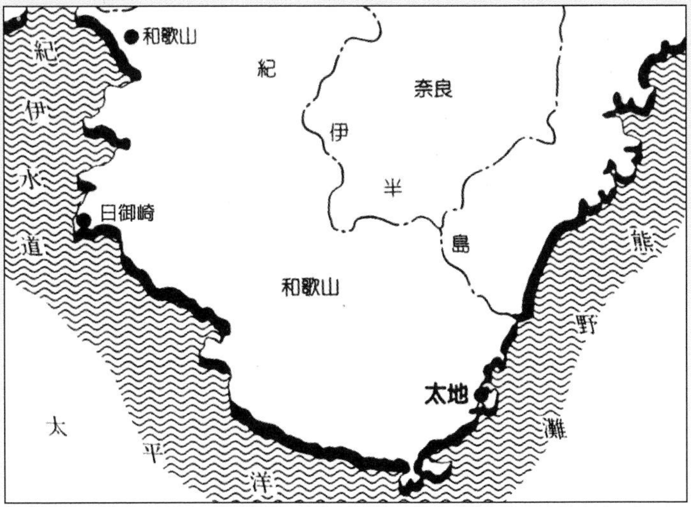

捕鯨

我剛旅行回來，正在黑姬的書房裡寫文章。剛剛從日本最古老的捕鯨城和歌山的太地回來的我，這次是和兩位加拿大的科學家一同前往，其中一位來自亞伯達大學，另一位則來自紐芬蘭大學，另外還有兩位在亞利桑那攻讀博士課程的日本女孩，擔任我們的隨行翻譯。

此次前往太地，是爲了協助亞伯達大學密爾頓佛里曼博士主持的研究小組進行工作（我十八歲在北極時就認識佛里曼博士了）。這個研究小組的成員，一直以來爲呼籲禁止捕鯨的激進份子宣傳，以及反捕鯨團體不斷改變手法進行的威脅策略所苦。

我們前往太地的目的，是爲了準備日本政府接下來要向國際捕鯨委員會提出的報告。此報告爲了提供日本政府作爲根據，以此向委員會說明之所以讓太地、網走、和田浦和鮎川等地，必須繼續維持長久以來賴以爲生的捕鯨業的理由。

讀者當中應該會有人認爲鯨魚已經瀕臨絕種了吧！但事實絕非如此，鯨魚數量眾多，幾乎所有的種類都是，尤其以小鬚鯨爲首的數種鯨魚，數量更是激增。也許有人因爲自己不吃鯨魚，所以別人沒得吃也無所謂，但剛才我舉出的那些城市，鯨魚從以前到現在，都是他們主要的蛋白質來源。

我希望各位思考一件事，那就是最近日本人非吃不可和不能吃的食物，幾乎都依照其他國家所施加的壓力來決定，日本之所以能夠如此繁榮興盛，多虧種類豐富的食物和自然資源，這些食物如果有一兩樣消失，人們也許不會注意，但如果被拿走十樣或一百樣，大家應該就會發現吧！等到這個時候，整個環境應該都已經惡化，文化也已逐漸沒落了吧！

這件事和樹有什麼關係呢？請稍安勿躁，因爲讓各位了解這件事是非常重要的。

獵人的語言

在此我要引述一位伊奴伊特（在加拿大，意指吃生肉的愛斯基摩人，因爲這是歧視用語，現在已不再使用）獵人的話，這是他面對全面禁

止捕捉海豹的環保團體施壓時所說的話。這名住在加拿大巴芬島佛洛比西爾灣的伊奴伊特人，名叫約翰·阿馬哥亞立克（他曾經來信，讚美角川書店所出版尼可先生的作品《北極烏鴉的故事》，為白人作家所寫的最佳小說）。他出生於尼特西林姆特部落，也就是「海豹的臣民」，顧名思義，海豹一直以來都是這裡居民主要的食物來源。一九八五年一月，他在蒙特利爾召開的國家委員會上如是說道：

「比方說，年輕人能夠透過捕捉海豹、肢解、分配獵物等一連串作業，親身體驗學習到重要的道德，也就是合作、忍耐、分享，和對自己所屬團體的責任。

同樣的，由女性操作的海豹皮、脂肪和肉的加工作業，也和我剛才所說的一樣，在傳承文化傳統時，都十分地重要。

『分享』在伊奴伊特人的道德觀裡是非常重要的，北極各地為了凝聚親族之間的關係，不同的家庭也會互相分享獵物，有時候甚至會將獵物送到其他部落，在這個分享過程中扮演最重要的角色就是海豹。

對伊奴伊特人來說，無論是捕捉海豹或其他動物，其中意義與南方都市人們的認知是完全不同的。對伊奴伊特人而言，那既不是娛樂，也不是流血的運動，那是生存的必要手段。事實上，對大多數的伊奴伊特人而言，至今仍是日常生活中的一部分，絕不是有錢人的娛樂，也不是男人呼朋引伴、飲酒作樂的消遣。」

約翰·阿馬哥亞立克在這之後又說，如果禁止伊奴伊特人捕捉海豹，他們就必須改變打獵的目標，可想而知，那將會過度捕捉馴鹿、白鯨和雁等，而且和海豹這種到處都有、且數量不少的動物相比，上述這些動物的數量稀少，棲息地點也很有限。

伊奴伊特人與捕捉海豹

約翰·阿馬哥亞立克說的確實沒錯，他所描述的伊奴伊特人的情形，正好和日本沿岸捕鯨漁夫的情形一模一樣。

我這個曾經長時間和伊奴伊特獵人一起工作，也十分清楚日本捕鯨狀況的人說的話，絕對不會錯。我在加拿大政府曾從事海洋哺乳類動物的研究，主要針對海洋哺乳動物與獵人的關係及其影響、生物學上的研究

及棲息樹木的動態進行調查。同時我也長時間深入研究、調查日本的鯨魚和捕鯨漁夫。

我要繼續引用約翰・阿馬哥亞立克的話。

「我們絕不是在和那些提倡保護海豹和海洋環境、指責不人道獵殺海豹、反對濫殺海豹及其他野生生物的人唱反調。我們伊奴伊特人擔心的，是那些大多數反對捕捉海豹的人心中堅持的一個看法，也就是無論是何種類型的捕捉行爲，行爲本身都是錯誤的，似乎不管採取什麼方法，人類利用其他動物就是不對。伊奴伊特人從以前到現在一直仰賴狩獵維生，那是因爲我們無法從事農業。

在伊奴伊特人的文化中，獵人必須對捕獲的動物表示敬意，對牠的死亡負責，不許濫用暴力控制動物。先進國家的人對於伊奴伊特人與動物之間的這種關係一無所知吧！我們伊奴伊特人對此是十分清楚的，住在先進工業地區的人，批評住在同一地區的人類對待動物的行爲倒無可厚非，但絕對沒有權力向伊奴伊特人說教，企圖教他們如何與動物共存。關於這點，伊奴伊特人毋須受教於任何人。在這個世界上也許有人完全脫離自然界的秩序而活，但我們不一樣。」

生存的手段

「對伊奴伊特人而言，懷著敬意與責任感來捕捉動物，並充分加以利用，是生存的必要手段。如果允許住在先進工業地區的人胡作非爲，卻干涉住在偏遠地區人們的生活，要求他們停止打獵，接下來還想作什麼呢？

難不成還打算禁止捕魚嗎？打算禁止飼養可取得肉、蛋、皮的牛、豬和家禽嗎？

這麼一來，人類究竟該吃什麼？

伊奴伊特人並沒有將這場爲了繼續捕捉海豹的抗爭視爲孤立鬥爭，也不認爲此舉只是爲了謀求一己之利。事實上，他們一直和其他捕捉海豹的民族（主要爲紐芬蘭人），及其他捕捉除了海豹之外的各類動物維生的民族合作努力至今。所有人都和伊奴伊特人一樣，對自己捕捉的動物懷抱最大的敬意與責任感。沒錯！這場戰爭與人類如何生存，關係是非常密切的。

我們伊奴伊特人十分擔心那些認爲打獵本身是一個「錯誤」的激進派保護主義者，對捕捉海豹的看法，將會朝什麼方向發展？」

我之前也提到，我剛從太地回來。我二十五歲時第一次接觸日本的捕鯨漁夫，而第一次遇見伊奴伊特人，則是在我十七歲的時候。

各位可將這段演說中的「伊奴伊特人」換成「太地的捕鯨漁夫」，或是「鮎川的捕鯨漁夫」，可將「海豹」換成「鯨魚」。事實上，這段演說對於想法相同的人，是一段非常經典的演說。當然，你也可以將「伊奴伊特人」換成「俾格米族」或「熱帶雨林的動物」。

這段演說可套用在數千年來仰賴野生資源，且未加以任意破壞，持續生活至今的所有文化。

獵人

世界上唯一且眞正的自然保護者是獵人，相反地，世界上最具破壞性的，是仰賴農業及工業的文化。

在約翰・阿馬哥亞立克的演說中有這麼一段話：「我們伊奴伊特人十分擔心那些認爲打獵本身是一個「錯誤」的激進派保護主義者，對捕捉海豹的看法，將會朝什麼方向發展？」對伊奴伊特人而言是捕捉海豹，對以太地的捕鯨漁民爲首的其他人而言，也可換成其他字眼吧！

到目前爲止，我作過無數次的旅行、思考、抗爭、繼續調查、絕望、討論、請願、教育，至今仍不斷努力。因爲我知道像綠色和平組織這樣的激進份子，企圖將我們帶領到什麼樣的地方。不！他們現在仍迫使我們走上他們的道路，而完全破壞天然森林及居住於其中的野生動物，就是他們想帶我們走向的終點。他們想帶我們走的方向是，僅仰賴人工食品的生活。像他們這般激進的組織和無知的產業資本家、瘋狂的宗教份子及政治家，正努力破壞居住在地球這個行星上的人類生活。

什麼？你說我瘋了？

請等一下！一直以來我都在現場，也都參與實際的行動，你們應該沒有吧！所以請你們安靜地聽我說！

破壞的原因

我簡單地舉個例子。假設有個一百公頃大小的野生森林，有個村子全賴此維生，村民要如何利用這個森林過日子呢？首先，他們可以獵鹿、野兔及鳥類當作食物，昆蟲也可以吃，也可以採集大自然的果實、樹莓及蕈類。森林裡應該也有小河，所以可以捕魚，也可以取得建造房屋及供作燃料的木材，捕捉到的動物皮毛，可用來製作衣物、鞋襪及各類工具。

不久之後，人口急遽增加，森林裡的樹木遭到胡亂砍伐，向來以狩獵及採集維生的人們，爲了生存，就必須離開森林，尋找更廣大的生活區域。

如果自己不打獵，而以泥土燒製壺罐，演奏樂器，或種植野生穀物或樹根的人，開始認爲撲殺鹿、野兔及鳥類是錯誤的，那他們又該如何？如果他們開始飼養牛、豬或羊，爲了種植牧草和穀物必須砍伐森林，這麼一來，鹿群該到哪兒去？所有仰賴像森林這樣野生環境的野生生物、植物及昆蟲又該到哪兒去？

這些生物不是從遠古時代，在人類還沒有出現的時代，就在森林中生活了嗎？

爲什麼南美洲僅存的熱帶雨林目前仍持續遭到破壞？破壞的原因幾乎都是因爲先進工業地區的需求，都是因爲這些地區的人的需要，或認爲需要所致，其中主要的需求就是牛肉。現在在美國，油脂過多、以玉米飼養的牛肉不受歡迎，人們追求脂肪少、以放牧的方式飼養的牛肉。因此必須開墾大量的放牧地，南美洲的眾多森林因而遭到破壞。

目前，日本因美方壓力而進口牛肉，而且都是脂肪含量高，以玉米飼養的牛肉。而且日本人在禁止捕鯨的壓力下，不再食用鯨魚肉。儘管已有科學證明，顯示海洋中的鯨魚數量眾多且有增加的趨勢，但日本人不再食用鯨魚肉，牛肉的消耗量必然增加，當然就必須毀滅更多的森林。再加上氣候逐漸改變，沙漠化的區域不斷增加，如此一來，要想取得平衡，關鍵就在於鯨魚。

自然界的平衡

只保護鯨魚，卻不保護野生森林裡的生物，不是很奇怪嗎？爲了保

的野生動物。

護海豹和鯨魚等等這些數量明顯增加的二、三種動物，竟然必須消滅大量

那麼，我們是不是都應該變成素食主義者？

如果成爲食用各類野草、樹根、樹果或蕈類，採取均衡飲食的修行者也不錯吧！但對於先進工業地區的人們而言，素食主義只會加速破壞野生森林。例如，爲了種植黃豆等單一作物，而必須開發森林，造成更嚴重的環境破壞。隨著森林消失環境惡化，那些瘋狂的綠色和平激進份子，主張保護的野生環境也會逐漸消失吧！（其實他們眞正想保護的不是大自然，而是自己的抗議產業。）

這是最重要的事。所以我最想談談野生環境，關於野生森林、野生樹木、鯨魚、及自然界的平衡……。

第十二章
黑姬

森林、水、鯨魚和戰爭的關係皆十分密切。

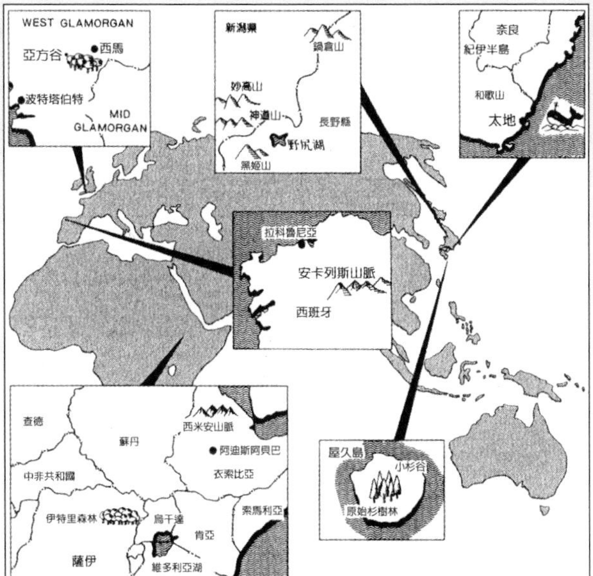

毫不浪費的利用方法

前面提到爲了向國際捕鯨委員會提出報告，我們負責調查禁止捕鯨，對素來以捕鯨維生的日本小漁村的影響。

工作結束後，我和調查小組中的勞爾・安德生博士返回黑姬家中。安德生博士是加拿大紐芬蘭大學的教授，也是十分優秀的文化人類學家。我們在黑姬到處散步，在戶隱的蕎麥麵店品嚐美味的蕎麥麵，在森林中採集種類豐富的蕈類和山菜。停留太地期間，教授對當地人如何充分利用鯨魚，及飲食生活仰賴鯨魚之深印象深刻。對於山間居民活用山野的恩澤，享受各類美味食物，也充滿感動。

當天朝日新聞刊登著林野廳新近計畫砍伐鍋倉山山毛櫸林的消息，這個計畫不但愚蠢，而且還是一種犯罪行爲。我將去年造訪當地的數張照片拿給博士看。

博士看了直搖頭。

「我不懂，這實在太矛盾了。」他說道。

當時我們在蕎麥麵店對面的咖啡廳裡。這家位於青年旅館隔壁，模仿以前倉庫風格的咖啡廳，是我看過最美的店。我一邊喝著咖啡，一邊指著粗樑並列的天花板。杉樹皮覆蓋整個天花板，美麗、溫暖且充滿自然風味。安德生博士點了點頭。教授說這種種日本文化的型態，和太地人鄭重其事且充分利用鯨魚的情形，都令他十分著迷。

根據歷史記載，杉樹對江戶這個大都市是十分重要的木材，當時被用來當作建材、引柴及燃料，或用來保存魚類等生食。好幾個世紀爲了使江戶杉樹不虞匱乏，幕府極爲注意，還針對保護及使用，訂下十分嚴格的規定，違法砍伐者甚至會被處以死刑，在當時應該不會浪費砍伐下來的樹木。

老爺樹

但這又怎樣呢？現在，浪費已經成爲日本國民生活的一部分，只要稍具觀察力的人都知道，獲得政府許可的木材公司，爲了製造紙漿而砍伐巨大的山毛櫸時，將零星的樹枝丟在森林裡，妨礙了其他的草木生長，砍伐前也經常省略先將樹枝砍下的功夫，直接將大型的古木拉倒，因而牽連

了四周新生的樹木。

前天晚上在火車上有個人找我抬槓，他主要的論點是：「砍伐大型古木是爲了森林好，反正它總有一天要倒，要不趁早砍倒它，頹圮時也會連累四周的樹木。」這種話我已經聽到不想再聽了。

事實上，大型古木頹圮需要一段很長的時間，在樹木完全死亡後，也還得拖上許久。大多數的時候，巨大的古老落葉樹死亡後，內側會開始腐朽形成空洞，之後還可維持一百多年，小鳥或松鼠可以在裡頭築巢，讓飛鼠、熊和無數的昆蟲棲息其中，孕育少見的羊齒、野草和青苔。這棵樹就這樣變成「老爺樹」，來守護森林。隨著時間慢慢流逝，巨大的舊枝掉落、枯萎、腐朽、折斷，最後，古老高貴的巨木倒下來的時候，以往生氣盎然的樹枝早已掉落得只剩下樹幹，這麼一來，即使巨樹傾倒，也不至於影響四周的樹木。巨木橫倒在地面上，提供地面上的動物、蕈類及昆蟲棲身之處，巨木就這樣回歸森林。

讓巨大古老的樹木壽終正寢，是非常必要的事，因爲它們才是森林的守護神。當然也不是說連一棵樹都不能砍，但必須愼重選擇，英國林野廳管理員的手冊中清楚地寫著，一公頃的森林中有五棵枯萎的大樹是最理想的狀況。但在日本……。

最近我聽到一件令我直打冷顫的事，那就是菲律賓也……。目前完整保存僅剩的古老森林是十分重要的，現存的古代森林實在太少了，連最後的百分之一都要加以破壞，根本是形同犯罪，而且是不負責任的行徑。

如果看到現代林業可怕的浪費行爲，江戶時代的人也會和我一樣震驚不已吧！

我的忠告

有關鍋倉山或神道山並非所謂的「原生林」的論調，我也已經聽夠、讀夠了。這些人之所以會這麼說，是因爲只要曾經經過人類加工，就不能算是「原生林」了。要是眞的如此，全世界的森林不都一樣。面積逐漸縮小的巨大熱帶雨林，薩伊的伊特里森林也有俾格米族居住其中，就連亞馬遜的原始林，也一直爲印地安人所利用，不是嗎？不！這其實只是所謂的專家經常使用的藉口。對於「原生林」我是這麼定義的，即使那座森林曾經經過人類或其他動物加工，只要原有的野生自然並未遭到改變，就可以稱爲原生林。原有的野生自然環境，就是指種類、數量眾多的動植物，及樹齡大小不同的樹木。

鍋倉山和神道山以及四周美麗的森林，絕對都是原生林。

由於接受大人操控的教育，年輕世代對生命和自然越來越無知，對權威也越來越無力，越來越順從，對浪費的反應也越來越遲鈍，對自然和環境也越來越不關心。年輕人除了學校、補習班和讀書這些狹小領域外，對一切毫不關心。孩子們得到的快樂少得可憐，能擁有的夢想也只有一點點。我聽見新生代的人們挫折痛苦的叫聲，對此我只有一句話要奉勸大家，那就是做你們想做的事，從象牙塔裡出來瞧瞧，多留心大自然的複雜和不可思議，如此一來大自然也會照顧你們，這是我的忠告。人類也是大自然的一部分，愛護大自然就是愛護自己，愛護所有生物，大自然也會愛護你們。

決定性的徵兆

令人難過的是，林野廳的人多的是優秀、認眞且稱頭的人，大家絕不是善找藉口、食古不化的公務員。我和其中一位十分熟稔，他工作盡職且愛護自然，而他也大都同意我的想法，然而，一般人卻完全不想協助、認同他的工作。

之前他收集日本七葉樹的果實，培育了數百棵的樹苗，當樹苗長到六十公分高左右可以換盆時，他將其中的一百棵種植在幾乎光禿的山路邊。在英國也有許多這樣的路樹，尤其，日本七葉樹的花朵香味濃郁，枝葉茂密，可提供大片的樹蔭。

結果如何？

還不到一天就被偷得一棵也不剩。

因爲他是個意志堅強、精力充沛的人，所以又在同一地點種植了一百棵樹苗，還立下告示牌要人們切勿盜取。結果不到一星期，一百棵樹苗又被偷個精光，警察完全幫不上忙。因爲他們沒有時間看管樹苗，小偷一定是當地人，這是經過策劃的竊案，那兩百棵樹苗一定在某個人家的庭院

裡，而幫忙種植的園藝師父，也毫不在乎這些樹苗是偷來的。

我收到幾位讀者的信，十分清楚你們雖然在乎，但不知該如何是好。對此我只能說，請你們學習有關自然之事，仔細觀察，如有必要，請向愚蠢的大人和小孩表達你們的憤怒，並加以斥責，當你們這麼做的時候，你們的時代就會到來。

如果那一百棵樹苗還在的話，你們的子孫就可以在那樹蔭下散步，撿拾日本七葉樹的果實，享用從花朵上收集而來的蜂蜜吧！

偷竊和破壞的行為，是表示一個文化生病即將死亡的決定性象徵。

幾年前，我做夢也沒有想到日本會發生這種事。

世界的森林

無論是能源或食物，或是任何一種被浪費的資源，都各有其生命週期。為供人類之用而遭到簡化的生命週期，勢必越來越脆弱，越來越不堪一擊。就好像種滿落葉松的斜坡，要比種雜樹林容易出現山崩。或像小麥田容易出現枯萎病，或受到暴風雨和乾旱的影響。相較之下，自然的森林和土地要強壯許多。

我很憂心的是，今後如果日本人的飲食習慣改變，捕鯨遭到禁止或縮減，形成的壓力一定會轉移到世界各地的森林，氣候會出現劇烈變化，海洋中的硅藻植物和浮游生物的生命週期也會跟著改變，最後將會造成鯨魚滅亡。

因爲愚蠢的林業、農業政策，造成自己的國土沙漠化的國家，將會走上暴力和狂熱信仰之路，最後必然會出現戰爭。

目前日本必須做的，不是給予這些國家金錢援助（雖然這些外援絕大部份都投注於對方的天然資源），而是成爲全世界的模範，努力將自己的河川和森林回復原貌，而非像現在這樣在世界各地，助長非法砍伐森林的行爲。

森林、水、鯨魚和戰爭，彼此之間的關係是十分密切的，即使這樣的說法和你們在學校所學的完全不同。

【對談】

期待重返大自然

宮崎駿V.S. C.W.尼可

C.W.尼可檔案

一九四〇年出生於英國威爾斯。十八歲前往加拿大，曾與愛斯基摩人共同生活。後來於加拿大政府環境廳擔任技師，前往北極探險數十次，亦曾參與成立衣索比亞國立山岳公園。沖繩海洋博覽會期間，擔任加拿大館副館長。目前居住於長野縣黑姬，著有《威士忌貓咪》、《看見風的男孩》、《北極烏鴉的故事》等作品。

宮崎駿檔案

一九四一年出生於東京都。學習院大學政經學部畢業後，進入東映動畫工作，是一位動畫大師及導演。主要作品有《魯邦三世》、《未來少年柯南》（以上為電視節目）、《魯邦三世卡里奧斯多城》、《風之谷》、《天空之城》、《龍貓》（以上為電影、導演）等。《魔女宅急便》、《神隱少女》、《霍爾的移動城堡》之製作、編劇及導演。目前主持吉卜力動畫事務所。

日本的「自然破壞」與「娜烏西卡」的訊息

宮崎　我看了昨天的報紙，上頭寫著你到知床（北海道・網走支廳）去，好不容易才讓他們不砍樹。你還是這樣四處奔波嗎？

尼可　你也曾經去過知床對吧！

宮崎　嗯！去年夏天。

尼可　到山裡去了嗎？

宮崎　嗯！大概就是這次進行砍伐的區域附近。我因爲工作的關係，認識了關心自然保育的朋友，所以搭了順風車上去。到那裡一看到森林，立刻就明白說什麼爲了活化森林而砍樹，根本就是幌子。

尼可　對於這樣的謊言，我一直都很生氣。沒有一個政府會這樣對人民撒謊。

宮崎　說的也是。

尼可　在這樣一個文明的國家，而且還是在國家公園，竟然還會砍樹，實在太說不過去了，還說這是爲了讓森林再生……。做的跟說的根本就是兩回事。國家公園並不只屬於這個國家，是屬於整個地球的。

宮崎　嗯！你說的沒錯。被你這麼一說，我眞覺得丟臉。

尼可　我雖然非常喜歡日本，但他們竟然派出九十人的機動小組，將樹齡三百五十年的樹全都砍倒，爲了砍一棵樹，還得先砍掉周圍的六棵小樹。沒有任何一個森林裡的熊和鹿糞比那裡多，把那麼高挺的橡樹全都砍倒會有什麼後果？原本以橡實維生的鹿，會啃食小樹的樹皮，落葉樹的樹皮會全被吃光。這種情形已經出現了。找不到食物之後，熊會下山到村子裡。有沒有貓頭鷹呢？我才在這個區域走一天，就發現貓頭鷹的羽毛。還有，爲了防止森林斜坡遭到土壤流失而興建水庫，也很荒謬。負責水庫建設的專家，竟然也能進行森林調查，眞是荒唐的事。

宮崎　唉！實在是……。我兒子就讀農學院，主修森林工學，前些日子聽說實習課去間伐（爲了促進生長，適當砍伐森林的樹木）。可是砍下的小樹，一棵還賣不到日幣一百元，學生們工作一天砍下的樹只值三萬元，我兒子還說日本的林業不知會變成什麼樣？必須把林業不振和保留國有林當作兩回事看待才行。

尼可　對！沒錯！

宮崎　並不是因爲砍伐知床的樹，當地務農的人就會有光明的前途，反而會越來越窮。這麼顯而易見的事，爲什麼政府當局就是不明白呢？我雖然住在大都市，但我總覺得知床那些砍樹的人，和大都市裡鎮日追逐金錢的人，感覺十分相似。日本人要是再不學聰明些，這個國家眞的會滅亡，眞是悲哀。

尼可　嗯！國家公園實在太重要了。我曾經在衣索比亞成立國家公園，面積大概是知床國家公園的一半，要巡視整個公園必須花上十天的時間。那是個地勢陡峭、風景美麗的地方，工作人員有我、助理、二十人的軍隊、管理員、一名照顧騾、馬的人、護士和一百二十名的苦力。這是在衣索比亞，而那裡並不是個富裕的國家。但你知道知床有多少工作人員嗎？國家公園只有一個，就一個人。眞是太荒謬了、太荒謬了。這二十六年來我走遍日本各地，除了非洲和巴西，沒有一個國家像日本一樣，如此快速地去破壞大自然。當我看到北海道，覺得它是座遭人強暴的島嶼，自然環境蕩然無存，全都是大小相同和被強暴的森林，北海道眞是可憐。如果我是愛奴人，我會痛恨日本人。日本政府如果不重整河川讓鮭魚回流，重視大陸棚，讓漁民可再一次捕撈水產，未來的前景將一片黯淡。

宮崎　說的也是。北海道的漁民在鮭魚上溯的河口佈網，將牠們一網打盡，留下一些給熊和貓頭鷹當食物不是很好嗎？

尼可　而且這種做法很不科學，要是不讓那些能夠奮勇上溯的鮭魚留下，將無法強化品種，把在河中自然產卵的品種加以混合也可以，可以同時進行。我曾在北極的水產研究所工作過十年，對這方面特別清楚。讓鮭魚無法溯溪而上，是非常不科學，也不人道的事。

宮崎　是啊！流放魚苗同時又在河口將魚一網打盡，是非常可怕的事。以此維生的人當然也有自己的一套說詞，我非常清楚每個人都有不同的說法，但還是必須將日本重建得更美才行，這些人盡是製造一些無用的廢物造成公害。

尼可　所以，我並不是要大家放棄養殖業。爲了增加鮭魚的數目，應該利用牠們在河川產卵的地點。

宮崎　感覺上我們好像無法了解彼此，我稍微離題一下。前些日子我和某人閒聊，提到京都和奈良的法隆寺等古老寺廟，據那些興建和修築寺廟的工匠說，使用樹齡千年的木材興建的建築，便可屹立千年，但現在爲了維修這些建築，找遍全日本的森林，也找不到樹齡三千年的雄偉檜木。聽說前一陣子興建藥師堂金塔時，是從台灣買進木材的。但對台灣而言，數千年的大樹也是非常重要的財產，日本卻付錢將它買來……。現在還有得買，以後恐怕就買不到了。

尼可 是啊！

宮崎 聽你這麼說，要想在一千年後興建壯觀的檜木佛寺，現在就得開始培育森林。

尼可 要想種出良好的檜樹，光種檜樹是不行的，還是必須培育接近自然的森林，才能種出好的檜樹。

宮崎 嗯！我想現在就可以開始廣徵哲學家和歷史學家的意見，進行培育森林的活動。爲了地球，可以開始培育千年森林的活動。如果想玩金錢遊戲，爲什麼不用在這件事上？

尼可 說的也是。

宮崎 我想現在已經到了要有可放眼日本和仔細觀察、解決森林及水源問題的政治家的時候了。當然，這並不只是政治家的問題。

尼可 只要逐步進行，聚沙成塔，十年後就能夠看到成績。自然之美、熊和貓頭鷹當然也重要，也可從經濟面上來討論。我並不只是要大家別砍樹，在黑姬，樹齡兩百年、樹幹粗細約中年發福歐巴桑的日本七葉樹，平均一年可採收每十八公升約三萬元的蜂蜜，但將樹砍下作成木條只值一萬元，每年三萬和一次一萬，哪個划得來？什麼是爲了經濟？什麼是爲了國家？這些樹能夠製造氧氣，保護水土，還可提供動物食物，將樹砍下來作成木條實在太奇怪了。

宮崎 我曾經去過屋久島，那裡的森林之美令人感動，但伐木廠卻不停地將如此美麗的森林砍下作成木條。

尼可 屋久島直到十五年前，海面都還會因爲飛魚產卵而變白，當時飛魚的漁獲量幾乎要把漁船壓沈，這樣的情形卻在十五年內幾乎消失。爲什麼呢？因爲林野廳的破壞，導致土壤流失，造成飛魚的產卵地點泥沙淤積，現在以兩艘船驅趕集中飛魚，頂多也只能抓到六十條。什麼叫爲了經濟？

宮崎 到知床去不是可以看見國後島嗎？我們不是吵著要俄國把北方領土還給我們嗎？從我們這個方向看過去，那眞是座美麗的島嶼。但如果眞還給日本，馬上就會蓋起飯店，污染河川，砍伐森林……。我覺得就整體而言，北方領土還是別還給我們的好。

尼可　我也一直這麼說。

宮崎　哦？是嗎？

尼可　我請他們別把那些島嶼還給日本，保持他們美麗的樣子，但請他們讓日本人能夠去欣賞她的美麗。

宮崎　這倒是不錯，這樣最好。原本綠意盎然的島嶼，只要一還給我們，馬上就會蓋起一大堆白色的飯店或網球場。

尼可　我看了你製作的兩部動畫（《風之谷》、《天空之城》），「娜烏西卡」傳遞的就是這個訊息吧！眞是太棒了。

宮崎　謝謝你的讚美。

尼可　我眞的很感動。我也喜歡動畫，喜歡動畫雖然是我的「童心」，但這部動畫刺激的卻是我的「成人部份」，眞的很棒。我完全被你的世界所吸引，結束之後也還是覺得焦躁不安。

宮崎　爲什麼？

尼可　後來風之谷怎麼樣了？湧出清水的腐海——人類到那裡聚居了嗎？

宮崎　仔細一想，人類在那裡聚居又會重蹈覆轍，他們會不會變得聰明些？還是又會重蹈覆轍？這個我也不清楚。我畫的時候非常痛苦，

我原打算以人類形成聚落後便安居樂業作爲結束，但也心存懷疑。認爲他們又會興建相同的工廠，而後又開始戰爭。所以我無法認同人類在美麗的自然環境中形成聚落，會是一件可喜可賀的事。我無法跳脫人類像是一種有如癌細胞的生物般，蠶食侵呑母體的想法，因此製作動畫時非常痛苦。我只能說他們逐漸突破困境，繼續生存下去，巨大的國家依舊會形成，戰爭也依舊會繼續吧！只要風向改變，瘴氣也許會立刻襲來，活下去大概就是這麼回事吧！

你如果問日本人，他們小時候可以引以爲傲的東西是什麼，他們一定會說是美麗的大自然和四季，這樣的民族爲什麼會變成現在這付模樣？即使知道反省，恢復原狀的機會無時無刻在消失，現在已到了關鍵時刻。

尼可　我們不拚命不行了。

《天空之城》的故鄉與南威爾斯

宮崎　之前爲了製作動畫《天空之城》，我曾經到威爾斯出外景。

尼可　南威爾斯嗎？

宮崎　嗯！是啊！我到威爾斯時，以前因爲煉鐵廠、礦業發達，除了星期天，都被濃煙覆蓋完全看不見天空的山谷，如今卻十分清新寧靜。雖然樹木稀少，但看到自然環境逐漸恢復，我相信日本也會有這麼一天吧！

尼可　沒錯！英格蘭的工業革命，玷污了我的故鄉，但眞的需要作出這樣的犧牲嗎？一想到我就氣。

宮崎　是啊！威爾斯的確是這樣。

尼可　我一想到《天空之城》的背景是威爾斯就覺得害怕，看到山谷中倒塌的工廠和破敗的橋梁，就覺得那是座「恐怖之城」。

宮崎　我當時是因爲想製作以工業革命爲背景的動畫，所以才去英國。我一直想去英格蘭，但是要看礦山就必須到威爾斯。我們也到了北威爾斯和中部，清楚地發現那附近和隆達谷的氣氛完全不同，不過我對隆達谷比較有感覺……。尤其是一年前我第一次到威爾斯時，那裡的礦坑正好大罷工。

尼可　是有這麼回事。

宮崎　高效優良的礦工工會組織不健全，父子相爭、同僚惡鬥，但南威爾斯的礦坑最後還是維持了下來，那邊的人說他們沒東西吃，甚至還吃玻璃，讓我覺得十分有感觸。但今年春天我再去的時候，幾乎所有的礦坑都已關閉，大概只剩兩處還在運作。

尼可　我出生的山谷正好挖不到煤礦。

宮崎　是嗎？

尼可　所以才可以留下森林，留下一片橡樹林，那座森林叫做費里南特，也就是精靈王國，我就是在那裡長大的。那裡很美，眞的很美。你如果要拍攝威爾斯的話，拜託你！也要去看看美麗的地方。如果沒有英格蘭的煤炭公司到那個地方的話，那裡也不會……。

宮崎　我在威爾斯四處旅行，發現還留有許多城堡，英格蘭人的城堡。小雜貨店裡有許多書，但內容全都不是描寫威爾斯人，而是在敘述英格蘭人如何征服當地，找不到一本描寫威爾斯人作何打扮、如何戰鬥的事情。

尼可　歷史是很奇怪的東西，威爾斯大約有一千年的歷史。我們抵抗盎格魯撒克遜人及維京人，維持國家獨立，如果王子胡作非爲，擁有土地、刀、盾的男人有權抗議，我們一直堅守這樣的習慣，但不可口出惡言，我們一直維持有話就當面直說的習慣。

宮崎　這是凱爾特人的習慣嗎？

尼可　是的。以前的凱爾特人作戰時是光著身子的。

宮崎　像你這麼高挑壯碩的大軍，每個人都把臉塗成藍色，光著身體展開攻擊是嗎（笑）？我讀凱撒的《高盧戰記》時，裡頭也提到凱爾特人。可是看他們一直被攻擊讓我很生氣，最後就成了他們的支持者。英國的兒童文學作家羅絲瑪莉．賽克里夫所寫的《國王的象徵》，描寫的也是凱爾特人，當我讀到野蠻民族的假國王英勇赴死的情節時，對凱爾特人產生了莫大的興趣。

尼可　凱爾特語在拉丁語出現之前就已經存在，在威爾斯有七萬多人只會說威爾斯語（凱爾特語的一種）。

宮崎　哦？是嗎？是哪個地區的人？

尼可　中部的人。

宮崎　所以是國家公園附近？貝根布萊肯公園附近？

尼可　嗯，是啊！在那小山谷裡。現在在威爾斯有威爾斯語學校，以威爾斯語教授歷史，也有英語課，必須選擇以英語或威爾斯語接受教育。雖然打了敗仗，但文化還是保留下來，這個文化和眞正的日本文化十分相似。

宮崎　是日本幾乎消失的文化吧……。

尼可　比方說，我翻譯《古事記》時，裡頭有個故事讓我覺得奇怪，那眞的是日本的傳說嗎？那是個有關海底城堡的故事，城堡裡有個美麗的公主，在那裡人永遠不會變老，你不覺得這個故事很耳熟嗎？

宮崎　是龍宮城的故事吧！

尼可　還有可以阻止海浪的魔法寶石等許多傳說。

爺爺對我說的話

宮崎　您寫的爺爺的故事實在太棒了。昨天晚上我第一次看到由約翰·福特執導的電影《翡翠谷》，我把電影裡的一家之主當成你爺爺，我想他應該就是那樣的人吧！

尼可　我爺爺很可怕，他雖然可怕，卻也很溫柔。

宮崎　日本有許多人認爲野蠻和溫柔是兩碼子事，但我認爲野蠻、野性和溫柔其實是相同的，我認爲是我們將它遺忘了。在《翡翠谷》中，鎮上的人圍繞著在小學裡遭到毆打後返家的少年身邊，詢問他是打贏還是打輸了，他的父親提出「只要打對方一拳就給兩便士」的條件，找人教自己的兒子拳擊。我認爲那樣的氣氛是在描寫一種理想，之後，看到你寫的爺爺的故事，才發現竟然眞有其事……。

尼可　我爺爺七十歲時和我父親在酒館喝酒，來了個年輕士兵，在裡頭喝得爛醉，還大言不慚地吹噓自己有多厲害，後來還把空杯倒扣，這在英語文化圈是一種禁忌，因爲這種行爲表示，有種的就上來和我比劃比劃。

宮崎　是這樣的嗎？

尼可　是的。七十歲的爺爺起身，啪！（爺爺毆打年輕士兵的聲音）年輕士兵倒了下去，那兒有張沙發，年輕士兵就倒在沙發上。父親發現情況不妙，站起身來……，不過那年輕士兵根本被打癱了，之後爺爺握著拳頭說「好痛！好痛！幸好不用打第二拳。」（笑）。這就是我爺爺。

宮崎　我在威爾斯及橄欖球寫眞集《大地之父》（栗原達男．講談社）中，看到你離家時你爺爺送你的話。「迎向困難，勿忘心中有歌」，說得眞好，很棒的一句話。

尼可　他是說遇到困難時要懂得轉彎。

宮崎　是啊！是啊！

尼可　轉個彎，如果不行就往下走，如果還是不行就往上，再不行就直走。

宮崎　這幾句話的英文說得還眞是好，簡單明瞭。

尼可　你有紙嗎？（接過紙，開始畫起一些看似星星的東西），我爺爺有一次告訴我這麼一件事。他說要想成爲一個男人，沒有STRONG（強壯）不行，之後孰先孰後就無所謂了。必須要BRAVE（勇敢），但如果只有這兩樣會變成怪物，所以還要有GENTLE（溫柔），具備這三樣條件，就可以成爲一個好男人。但還無法成爲一名騎士，因此還必須具備WEAK（弱點），即使是空手道八段，體重一百二十公斤的男人反對政府，政府還是比你強。他要我懂得自己的弱點：

……。年紀越大會越虛弱，到那個時候就需要DIGNITY（威嚴）。

宮崎　全是些我沒把握的東西（笑）。

尼可　最後是WISDOM（智慧）。學習諸多事物，最後便可形成星星，這個星星是猶太教的星星，不過要更古老的多。還要具備FAITH（信任）或NOBLE（氣度）……，不具備這六項是不行的。我發誓時，爺爺告訴我這件事和其他許多不可外傳的事。很有意思吧！

宮崎　確實很有趣。強壯果然是首要條件嗎？

尼可　是啊！但並不是說要肌肉發達，女人不強壯的話也沒辦法生孩子，不是嗎？

宮崎　不過我覺得要是肌肉能夠發達就好了。

尼可　不過這不是那個意思。

宮崎　我認爲父母能夠告訴自己的孩子生存的方法，因爲自己也是如此走過來，是一件很重要的事，我們已經辦不到了。有句話說「了無痕跡」，意思是說一切都已經消失於無形了。

尼可　我爺爺從來沒要我讀書、當老師或進好公司工作，但卻一直在告訴我這些事。

宮崎　威爾斯人現在還是這樣吧！

尼可　形形色色啦！

宮崎　在日本就算是形式不同，父母也不斷地告訴孩子許多事吧！

尼可　我也這麼認為。

宮崎　現在卻被認為老套而捨棄了。

尼可　他們認為告訴孩子這種事很奇怪。

宮崎　你剛才的話讓我羨慕，你們是典型的祖父和孫子。身處偌大的潮流中，由自己來承繼，之後再將承繼之物往下流傳，對我而言是一種夢想。不久前，日本還有人會認眞地說：「即使無法出人頭地，也要堂堂正正做人」，或是：「要擁有一顆美麗的心」等等的話。

美麗的日本

宮崎　我小時候，路邊經常堆放許多裝滿排泄物的桶子，那些被用來當作水肥，所以大家的肚子裡都有蛔蟲，學校還會餵我們吃驅蟲藥。

尼可 我是在一九六二年來日本的，所以很清楚當時的情形。當我知道自己的身體裡有寄生蟲時，嚇了我一大跳（笑）。當時我們不是還用清潔劑清洗蔬菜嗎？

宮崎 是啊！因爲大家說如果不洗乾淨的話，會有蛔蟲卵殘留。東京奧運時，因爲在路邊堆放糞桶實在很丟臉，所以才改用水肥車。農田也不再使用水肥，而改用農藥和化學肥料，排泄物不是被倒進海裡就是被埋進土裡。日本就這樣持續高度的經濟成長，如今想來，將排泄物當作水肥，是非常好的環保作法，而我們卻捨棄這個能夠維持日本河川清潔、使土壤肥沃的好方法。就連我看到水肥車時，都覺得這下子終於可以衛生一點了。

尼可 加拿大威尼佩克污水處理廠所使用的電力完全來自沼氣，就是排泄物產生的沼氣。他們將排泄物淨化後，處理成完全無味的乾燥物作爲農地之用。我雖然不希望又回到以前，日本用桶子收集排泄物的方式，但現在已經具備殺死寄生蟲，將排泄物製成肥料的技術，當然這麼作很花錢，可是只要花一次錢，經濟又實惠，日本應該往這個方向發展才是。

宮崎　我覺得日本應該是個很有福氣的國家，因爲它不是個砍了樹就立刻變成沙漠，就再也無法回復原狀的國家。空地一旦閒置，會立刻長滿綠草，其中雖然混有許多外來植物，但總之只要土地閒置便會長出野草。住在這樣的國家，如果不知道感恩是不行的。稍微花點金錢和智慧，應該就可以讓這裡變成一個美麗的國家。在日本的某處有座森林，人們不得其門而入，裡頭有許多動物棲息其中，沒有步道。我眞的認爲，如果有個國家，父母親能夠告訴孩子在那樣的世界裡有座森林的話，該有多好。不是興建國家公園全都鋪上步道，而是保留一些不屬於我們，不可擅入的區域……。

尼可　確實需要。

宮崎　要是眞有這樣的地方就好了，我們要不要來提倡一個什麼運動？你比我要有影響力，一定要請你暢所欲言……。

尼可　你接下來要製作的是什麼樣的動畫？

宮崎　第一次以日本爲背景的動畫（編註：指一九八八年上映的《龍貓》），主要以電視尚未普及的東京郊外爲背景，就是我的童年時代。

尼可　眞有意思。就是田裡還有泥鰍的時代嗎？

宮崎　是啊！內容是有關一戶把家搬到茂密森林旁獨棟房屋的人家的故事。森林裡住著一群在人類出現前便棲息其中、普通人看不見的生物，這群生物遇見兩個女孩，他們雖然相遇，但並沒有成爲好朋友，能遇見他們雖然幸運，但也不是想看就看得見。女孩發現有這麼一群生物，就是這麼個故事。剛才你也說過，我也非常喜歡日本，我雖然討厭日本這個國家，但並不是討厭這塊土地或住在這塊土地上的人，我覺得他們其實是很善良的民族，絕不是具攻擊性的民族，所以我才會想描寫「應該可以這樣」，而不是「要是這樣就好了」的日本。故事的背景正好是你第一次到日本來之前……。

尼可　太好了。

宮崎　我希望能夠刻劃農田、開墾田地、暢流小河、種植樹木、在水井汲水、砍柴燒水，雖然有電但沒有瓦斯，有奇特的生物在身邊。如果說是妖怪或怪物，大概讓人覺得不知所云吧！我覺得是更自由的，像精靈一般的生物。一到夏天不是開冷氣，而是早起打開雨窗、搧扇子的生活，耳邊傳來青蛙的叫聲。我想用這樣的生活來營造電影的世界，這麼一來我想孩子們應該會嚮往這樣的世界，父母親也會

告訴孩子不久前世界的確如此吧！這樣不就可以製作出一部親子皆宜的動畫了嗎？

尼可　不錯！

宮崎　我是這麼想啦！

尼可　什麼時候上演？

宮崎　明年春天。

尼可　我一定會去看。

樹

作　者：C. W. 尼可（Clive Williams Nicol）
譯　者：孫玉珍
發行人：賴任辰
社長兼總編輯：許麗雯
主　編：劉綺文
責　編：王珊華
美　編：陳玉芳
行銷總監：黃莉貞
行銷副理：黃馨慧
發　行：楊伯江
出　版：高談文化事業有限公司
地　址：台北市大安區10696忠孝東路四段341號11樓之三
電　話：（02）2740-3939
傳　真：（02）2777-1413
http://www.cultuspeak.com.tw
E-Mail：cultuspeak@cultuspeak.com.tw
郵撥帳號：19884182 高咏文化行銷事業有限公司
印　刷：卡樂彩色印刷公司
（02）2883-4213
總經銷：知己圖書股份有限公司
（台北公司）台北市羅斯福路二段95號4樓之三
電話：（02）2367-2044 傳真：（02）2363-5741
（台中公司）台中市407工業30路1號
電話：（04）2359-5819 傳真：（04）2359-5493
行政院新聞局出版事業登記證局版臺省業字第890號

2007年1月初版一刷
定價：新台幣260元整

國家圖書館出版品預行編目資料

樹／C. W.尼可（C. W. Nicol）著； 孫玉珍 譯，——初版，——台北市：高談文化，2006〔民95〕

面：16.5×21.5公分
ISBN-13：978-986-7101-30-3（平裝）

873.6 95013652